BRASÍLIA, UMA VIAGEM NO TEMPO

BRASÍLIA, UMA VIAGEM NO TEMPO

ELIANA MARTINS

ilustrações de DANIEL ARAUJO

© EDITORA DO BRASIL S.A., 2015
TODOS OS DIREITOS RESERVADOS

Texto © ELIANA MARTINS

Ilustrações © DANIEL ARAUJO

ESTE LIVRO FOI EDITADO ANTERIORMENTE COM O TÍTULO "VIAGEM AO TEMPO DOS CANDANGOS", PELA EDITORA SALESIANA, EM 2010.

Direção-geral: VICENTE TORTAMANO AVANSO
Direção adjunta: MARIA LUCIA KERR CAVALCANTE DE QUEIROZ

Direção editorial: CIBELE MENDES CURTO SANTOS
Gerência editorial: FELIPE RAMOS POLETTI
Supervisão de arte e editoração: ADELAIDE CAROLINA CERUTTI
Supervisão de controle de processos editoriais: MARTA DIAS PORTERO
Supervisão de direitos autorais: MARILISA BERTOLONE MENDES
Supervisão de revisão: DORA HELENA FERES

Coordenação editorial: GILSANDRO VIEIRA SALES
Assistência editorial: PAULO FUZINELLI
Auxílio editorial: ALINE SÁ MARTINS
Coordenação de arte: MARIA APARECIDA ALVES
Produção de arte: OBÁ EDITORIAL
  Edição: MAYARA MENEZES DO MOINHO
  Projeto gráfico: CAROL OHASHI
  Editoração eletrônica: DENISE ONO
Coordenação de revisão: OTACILIO PALARETI
Revisão: EQUIPE EBSA
Coordenação de produção CPE: LEILA P. JUNGSTEDT
Controle de processos editoriais: EQUIPE CPE

Dados Internacionais de Catalogação na Publicação (CIP)
(Câmara Brasileira do Livro, SP, Brasil)

Martins, Eliana
    Brasília, uma viagem no tempo/Eliana Martins; ilustrações de Daniel Araujo. – São Paulo: Editora do Brasil, 2015.
– (Série todaprosa)
      ISBN 978-85-10-05993-0
1. Literatura juvenil I. Araujo, Daniel.
II. Título. III. Série.

15-05662   CDD-028.5

Índice para catálogo sistemático:
1. Literatura juvenil   028.5

1ª edição / 3ª impressão, 2024
Impresso na Hawaii Gráfica

Avenida das Nações Unidas, 12901
Torre Oeste, 20º andar
São Paulo, SP – CEP: 04578-910
www.editoradobrasil.com.br

SUMÁRIO

ESCRITOR POR UM DIA **9**

BAR E LANCHES NOVACAP **17**

A VINGANÇA DO CURUPIRA **23**

TIO VALDEMIR **31**

OS CANDANGOS DA BELÉM-BRASÍLIA **39**

A NOVA CAPITAL NA DIGITAL **45**

A RÁDIO PEÃO **54**

O PERIGO MORA AO LADO **61**

SHERLOCK, POIROT E O CURUPIRA **70**

RELACIONANDO AS PISTAS **78**

A CLAREIRA DA FLORESTA **86**

ALINHAVANDO OS FATOS **90**

BEM LONGE DALI **98**

PARTINDO PARA O ATAQUE **103**

ALMOÇO COM O
PRESIDENTE DA REPÚBLICA **115**

**PARA ANETE E MARIMÍLIA LALUCE,
AMIGAS PARA SEMPRE.**

– VOCÊ RECARREGOU A BATERIA DA MÁQUINA DIGITAL, GUILHERME? – PERGUNTOU MANUELA, A CAMINHO DA LANCHONETE.
– É CLARO QUE SIM! – ELE RESPONDEU.

ESCRITOR POR UM DIA

– Você recarregou a bateria da máquina digital, Guilherme? – perguntou Manuela, a caminho da lanchonete.

– É claro que sim! – ele respondeu. – Essa não é a minha parte? Inclusive, antes de vir, chequei se as funções fotografar e filmar estavam OK.

– E grana, você trouxe? – continuou a perguntar a amiga. – Não dá pra eu pagar tudo sozinha.

– Lógico, Manuela! Não sou de dar calote, não.

– Eu sei, Gui. Desculpe, mas tô super insegura. Será que a Marici Menezes vem mesmo? – voltou a perguntar Manuela, já entrando na lanchonete, seguida pelo amigo.

– Putz, Manu! Para com isso! Tá torcendo pra dar alguma coisa errada? – reclamou ele.

Manuela ficou sem graça.

– Quando a gente ligou pra Marici Menezes, ela disse que vinha, não disse? – continuou Guilherme.

– Disse.

– Então, caramba! Daqui a pouco ela entra por aquela porta. Aliás, ela já tá entrando – completou o garoto, satisfeito.

Manuela virou-se para ver a escritora, que adentrava a lanchonete.

– Ai, graças a Deus! – exclamou feliz.

Manuela e Guilherme moravam em Brasília, onde também haviam nascido. Estudavam em uma escola, na Asa Sul, que desde os primeiros anos do Ensino Fundamental buscava ajudar os alunos na escolha das carreiras que seguiriam no futuro.

Naquela semana, era a vez das classes de oitavo ano participarem da experiência "Profissional por um dia". Os alunos se dividiriam em duplas que escolheriam o tipo de profissão que mais lhes interessasse. Então haveria médico por um dia, professor por um dia, ator por um dia e assim por diante. Escolha feita, a dupla sairia em busca de profissionais da área para pesquisas, visitas aos seus locais de trabalho, possibilidades da profissão no mercado etc.

Os dois amigos haviam escolhido a profissão de escritor: o "Escritor por um dia". Eram muito observadores, adoravam conhecer pessoas, trocar experiências, pesquisar e, mais do que tudo, eram vorazes leitores; por isso haviam formado a dupla.

Fazia pouco tempo, a escritora de livros para jovens Marici Menezes havia visitado a escola deles. Muito simpática, conversara com os alunos de oitavo ano, cujas classes haviam lido seus livros. Falara de sua vida, de suas obras, fizera uma curiosa oficina de criação literária com os estudantes.

Antes de a escritora visitar a escola, Manuela e Guilherme já haviam decidido pela experiência de "Escritor por um dia". Como estava nas mãos deles a escolha da pessoa que procurariam para entrevistar, e tinham adorado a visita da escritora à sua escola, convidaram Marici Menezes, que prontamente aceitou.

E ali estava ela, com seu jeito extrovertido, seus cabelos longos, negros e crespos, numa pontualidade britânica, chegando à lanchonete.

– Olá, garotos! Atrasei muito?

Guilherme foi logo beijando a escritora.

– Que nada, Marici. Nós também acabamos de chegar.

– Ainda bem. E você, pequena, tudo bem? – perguntou a Manuela, beijando-a e sentando-se à mesa.

Guilherme e Manuela, que não largara a mochila, também se sentaram.

– Deve ter algo muito importante nessa mochila, hein, Manuela? – brincou Marici.

Com a pergunta, a garota pareceu acordar do torpor que a presença tão próxima da escritora lhe causara.

– Ah, sim! Tem meu material escolar, o gravador e o bloco de anotações que vou usar na entrevista com a senhora.

— Xiiiiiii! Pode ir tirando esse "senhora", Manuela – disse Marici Menezes no seu bom humor de sempre. – Saiba que escritor não tem idade – então soltou uma gostosa risada.

— Tá bom... Você – corrigiu-se a garota.

Enquanto a escritora e a amiga se entendiam, Guilherme já havia providenciado uns salgadinhos e um delicioso suco de pequi; que o garçom acabara de trazer.

— Nossa, que delícia! – exclamou Marici ao ver as guloseimas.

— A senhora merece... Quer dizer, você merece – disse Manuela, já tirando da mochila os apetrechos que usaria para a entrevista.

— Quer dizer que vocês querem ser escritores? – perguntou Marici.

— Eu gostaria de ser escritor policial; adoro inventar enigmas e pistas falsas – disse Guilherme.

— E você, Manuela?

— Bom... Por enquanto, eu adoro ler; o que já é um passo para me tornar escritora, né, Marici?

— Sem dúvida, sem dúvida.

— Então, podemos começar a entrevista? – perguntou Guilherme.

— Sou todinha de vocês.

Antes de tudo, Guilherme, pedindo licença ao garçom, arrumou sobre uma segunda mesa alguns dos livros que Marici Menezes havia escrito.

– Enquanto a Manu vai fazendo as perguntas e gravando suas respostas, eu vou filmando e fotografando você e seus livros, ok? – explicou Guilherme.

– Está ótimo! Trabalho de profissionais mesmo; estou gostando de ver. Vamos lá! – concordou Marici.

Manuela tomou o bloquinho de notas e fez a primeira pergunta:

– O que é a profissão de escritor? – então ligou o gravador para captar a resposta. – Eu poderia gravar pelo meu celular – explicou-se –, mas esqueci em casa.

– Ops! Eu também – resmungou Guilherme, apalpando o bolso. – Que droga!

Manuela, ignorando o comentário, retomou o assunto.

– Ganhei este gravadorzinho do meu avô, sabe, Marici, e adoro ele.

A escritora se enterneceu.

– Coisa mais bonita, Manuela! Então bom trabalho com ele – disse, já respondendo a primeira pergunta. – Escrever é tão mágico! – continuou, inebriada. – É como tecer uma história; entrelaçando vidas, personagens, paisagens, emoções. De repente a gente se transforma, parece que não somos mais nós. A partir daí, acontecem coisas que não sabemos explicar.

– Que bacana, Marici! – comentou Manuela, partindo para a segunda pergunta, depois para a terceira, a quarta, a quinta.

Quanto mais falava, mais a escritora se empolgava com a profissão que escolhera.

– Sabe, Manuela, para ser escritor tem que gostar de ler. Você já me disse que gosta. E você, Guilherme?

– Gosto bastante, Marici – respondeu ele.

– Ah! Então vão ser ótimos escritores.

E assim foram-se os momentos da entrevista, que chegava ao fim. Marici Menezes falara das coisas boas e das complicadas da profissão de escritor, das possibilidades do mercado, deu dicas de boas editoras etc.

– Puxa, Marici, chegamos à última pergunta. Que pena, tá tão legal ouvir você! – disse Manuela.

– Ah, que peninha! Também estou adorando a conversa com vocês dois – comentou a escritora. – Mas pode mandar bala na última pergunta, Manuela. E você, Guilherme, capricha no meu visual – disse Marici, divertindo-se.

– Pode deixar – confirmou o garoto, posicionando-se para uma nova foto.

Manuela fez a última pergunta:

– Como é seu processo criativo e qual livro está escrevendo no momento?

Marici Menezes ajeitou-se na cadeira e um brilho diferente tomou conta do seu olhar.

Manuela ligou o gravador e a escritora respondeu:

– Na verdade, ainda não estou escrevendo o livro e sim montando o roteiro da história. Para escrevermos um livro, principalmente os juvenis, temos que recolher material de pesquisa, depois fazer um resumo da história; uma sinopse. Então desenvolvemos os personagens.

– E você já tem os personagens para o livro novo, Marici? – perguntou Manuela.

– Tenho o resumo da história, mas estou só começando a esboçar os personagens que encaixarei nela. Ainda não os encontrei definitivamente.

Guilherme parou de fotografar para ouvir a resposta da escritora, empolgada com sua nova obra. Ao depositar a máquina digital sobre a mesa, percebeu um leve tremor na mão de Manuela, que segurava o gravador.

Percebendo o próprio tremor, a garota apoiou o cotovelo na mesa, e continuou gravando.

Marici Menezes, cada vez mais animada, serviu-se de mais um pouco de suco de pequi.

– Ai, que delícia de suco! – exclamou, continuando o relato.

Guilherme começou a ficar zonzo. A voz da escritora soava cada vez mais distante. Olhou para a companheira de trabalho, que também lhe pareceu estranha.

"O que será que puseram nesse suco de pequi?", perguntou-se.

Mas Marici Menezes também estava tomando o suco e não parecia passar mal. Essa era a dúvida.

Totalmente tonto, Guilherme viu tudo enegrecido à sua frente. Fechou os olhos, apertando-os, na intenção de melhorar.

Quando abriu, teve uma surpresa: a amiga Manuela tinha deixado cair o gravador no chão e estava ao seu lado, completamente atordoada; a lanchonete se transformara em um barzinho muito simples e uma mulher desconhecida, com um lenço na cabeça, limpava as mesas. Para culminar, não havia mais nem sombra de Marici Menezes.

O que teria acontecido?

BAR E LANCHES NOVACAP

O homem entrou no bar com cara de cansado. Tirou o chapéu, chacoalhando-o. Um pó vermelho se desprendeu dele.

– Ô, Laurentino, não vê que tá chacoalhando pó em cima dos garotos? – a moça que limpava as mesas reclamou.

– Êta mulher chata! – resmungou o homem, dirigindo-se a Guilherme e Manuela. – Vocês me desculpem, tá? Não fiz pra arreliar.

Guilherme disse que estava tudo bem, que o homem não se importasse.

– Meu nome é Laurentino; candango vindo de Belém do Pará – disse, estendendo a mão para cumprimentar o garoto.

Guilherme retribuiu. Laurentino sentou à mesa, ao lado deles.

– A mocinha tá doente? – ele perguntou para Manuela.

– Na... não. Mais ou menos – ela respondeu, abaixando-se para pegar o gravador, caído ao chão.

– Vocês tão com cara de ser parente do doutor Ramuk; moreninhos... São sobrinhos dele. Acertei?

– Laurentino, vá sentar em outra mesa. Deixa os garotos em paz! – voltou a dizer a moça do bar, aproximando-se. – Meu nome é Lena – disse ela –, querem comer ou beber alguma coisa?

Guilherme voltou a falar:

– Não queremos nada, não, senhora; mas se quer nos ajudar, diga onde estamos, por favor.

Laurentino caiu na risada.

– Eu não disse que eles eram parentes do doutor Ramuk? Tão perdidinho, aqui no meio da candangada. A casa do seu tio não é por aqui não.

– Fica quieto, Laurentino! – explodiu Lena. – Estamos no meio das obras do Plano Piloto, garotos. Desse chão, aos poucos, tá surgindo Brasília, a nova capital do Brasil. Não viram o título do meu bar quando chegaram?

Ao ouvirem aquilo, Guilherme e Manuela empalideceram. Não era possível o que estavam ouvindo. Há poucos minutos estavam na Avenida W3 Sul, dentro de uma lanchonete, em frente ao shopping, em Brasília; em pleno século XXI.

Automaticamente, Guilherme olhou para a máquina digital, em sua mão. Entre os anos de 1956 e 1960, quando Brasília foi construída, não havia nem sombra de máquina fotográfica digital. Portanto não era alucinação; eles eram mesmo do século XXI.

Totalmente sem entender o que se passava, Manuela levantou da mesa e correu até à porta do bar. Um grito de espanto fez Guilherme correr até ela.

– O que foi, Manu?

– Veja você mesmo, Gui.

À frente deles, Brasília se erguia. Os edifícios começavam a surgir da terra rasgada e perfurada em todas as direções. Polias giravam, buzinas tocavam, o chão estremecia.

Guilherme estava atônito.

– Bonita, né? – disse Laurentino, aproximando-se deles. – Tem candango chegando todos os dias, de todas as partes do Brasil. Todo mundo que trabalha aqui, na construção de Brasília, ganhou o nome de candango. E o doutor Valdemir Ramuk sempre fala que aqui não tem gente melhor nem pior. Todos nós somos importantes. Não tem engenheiro, arquiteto, pedreiro, empreiteiro; tem só trabalhador, junto no mesmo barco.

– Barco furado, minha gente! Barco furado – interrompeu outro candango, que chegava.

– Deixa disso, Zé – pediu Lena – esses garotos são sobrinhos do doutor Ramuk.

– Uai, sô! Por isso mesmo eles precisam saber – continuou o mineiro Zé, inconformado com a situação dos candangos. – Faz dois anos que tô aqui e não sei como ainda tô vivo.

O desabafo daquele homem fez com que Guilherme e Manuela esquecessem, por segundos, o seu assunto.

– Por que está dizendo isso, seu Zé? – perguntou o garoto.

– Pois imagina vocês se é possível construir uma capital, num lugar longe desse, em cinco anos! Nesses dois anos de candango, já vi muita morte e até briga de foice.

– Mas também tem coisas boas, Zé – Lena tentou contemporizar.

– Coisa boa que nem falta de água, comida rala e ruim, fora a exploração; a gente chega a trabalhar até quinze horas por dia, menino – lamentou-se Zé. – Veio candango de toda a parte do Brasil pensando melhorar de vida. Mas, até agora, não vi nada disso.

Laurentino, que ouvira calado as posições do colega, discordou.

– Valha-me Deus, homem! Que desgraceira é essa que tá falando pros meninos? A Lena tem razão; também tem coisa boa. O tio de vocês, viu – disse, olhando para Guilherme e Manuela –, o doutor Valdemir Ramuk é um sujeito muito bom. Tá sempre do lado dos candangos. Né não, Lena?

– Lá isso é verdade – concordou a dona do bar. – E o doutor Juscelino disse que no dia em que a nova capital for inaugurada, vai ter um festão pra todo mundo. Agora, vocês vão me dar licença que preciso voltar ao trabalho – desculpou-se Lena, encerrando o assunto.

Os dois candangos e a dona do bar voltaram para dentro. Guilherme e Manuela deram-se as mãos, em cumplicidade. Não sabiam o que estavam fazendo, nem como tinham voltado no tempo. Só uma coisa era certa: precisavam encontrar uma saída.

– Têm certeza que não querem comer nada? – perguntou Lena, voltando de dentro do bar.

– Temos, Lena – disse Manuela. – Mas se pudesse nos ensinar onde é a casa do nosso tio Valdemir Ramuk, já que estamos perdidos, seria ótimo.

Guilherme olhou para a amiga, estupefato. O que estaria ela pretendendo fazer? O que quer que fosse ele confiava; por isso ficou calado.

– É claro que eu ensino! – disse Lena, já apontando para um lado. – É por ali, olha...

A dona do bar explicou tudo muito bem, depois se despediu, pondo seu estabelecimento à disposição deles.

Quando já saíam, Guilherme sentiu uma mão apoiada ao seu ombro.

– Cuidado, menino! – disse Zé. – Não vão lá pras bandas da Transbrasiliana que tá tudo amaldiçoado.

– Transbrasiliana?! O que é isso? – perguntou Guilherme, voltando-se.

– Por que está amaldiçoada? – quis saber Manuela, antes que o candango respondesse à pergunta do amigo.

– É o Curupira, menina – voltou a falar Zé –, o Curupira ainda vai matar muita gente.

Guilherme e Manuela tanto insistiram, que Zé, convidando-os a entrar de volta ao bar e sentando-se a uma mesa, contou toda a história.

A VINGANÇA DO CURUPIRA

– Tudo começou quando os primeiros caminhões de candangos chegaram aqui pra começar a construção do Plano Piloto da futura capital. Pois bem, todo mundo sabe que o povo indígena ama a terra e a natureza. Assim, quando viram as primeiras árvores serem derrubadas, o povo Bororo se revoltou, jurou vingança.

– É claro, né! Onde já se viu isso! – comentou Guilherme.

– Mas sem derrubar as árvores, não é possível construir a estrada – disse Manuela. E o Zé nem deu ouvidos aos comentários, continuando:

– Os pobres índios não sabiam como se vingar dos candangos. Eram gente de paz, viviam felizes e se davam bem com os brancos do estado de Goiás. Mas sempre tem um esperto que aparece pra confundir a cabeça da gente.

– Ah, isso é mesmo, Zé! Engraçadinho é o que mais tem.

– Guilherme! – reclamou a amiga – Deixe o Zé continuar.

– Pois então – prosseguiu o candango –, apareceu na aldeia um homem nascido aqui mesmo, que sossegou os índios. Eles não tinham mais que se preocupar com a vingança. E numa noite fria e seca, como são as de inverno aqui do planalto central, o tal homem reuniu os Bororo à beira da fogueira e contou tudinho como ia ser.

– Daria tudo pra ter estado sentado à beira da fogueira com eles – interrompeu mais uma vez Guilherme, irritando a amiga.

– Tá, mas não estava. Continue, por favor, Zé!

– "Vocês têm que ouvir com muita atenção", o homem disse pros índios. Mora na floresta um menino baixinho, com os cabelos cor de fogo e pé virado pra trás. O nome dele é Curupira; que, com certeza, já ouviram falar muito. Os índios concordaram e o homem continuou. O Curupira gosta de sentar na sombra das mangueiras e se acabar de chupar manga. O trabalho desse menino é proteger as árvores, as plantas e os animais. Teve muita gente que já viu o Curupira, que já ouviu o assobio e o gemido dele. E os índios só ouvindo.

– E morrendo de medo – brincou Guilherme, levando uma cotovelada de Manuela.

– Continua, Zé.

– O homem disse que como o Curupira tinha os pés virados pra trás, ele enganava as pessoas. Quando pensavam que

ele tava indo, tava é vindo. Daí a pessoa ficava atordoada e andando em círculo, sem conseguir achar o caminho de volta. Daí o homem acabou a história dizendo que os índios podiam ficar sossegados que o Curupira ia acabar com todos os que derrubassem as árvores. Ia matar um por um.

– Mas esse homem nem conhecia direito a lenda do Curupira, Zé – explicou Manuela –; ele é uma figura encantada da floresta, que só quer assustar as pessoas, nunca matar.

– Ai, pois é. Mas nunca se sabe, né, menina? Pelo sim, pelo não, é melhor vocês não irem pras banda da Transbrasiliana.

Essa história contada pelo candango Zé ficou na cabeça dos índios Bororo de tal maneira, que passaram a ouvir assobios e gemidos na mata e a ter pavor do Curupira.

A história se espalhou. Os moradores de toda a região passaram a colocar trancas pesadas nas portas quando a noite caía; e essa era a primeira notícia dada aos novos candangos, que desembarcavam em Brasília.

Mas como o tempo é cura para qualquer ferida, dois anos se passaram e a tal praga do Curupira fadava a cair no esquecimento total. As obras da construção da nova capital, pouco a pouco, pareciam voltar ao normal.

Corria o ano de 1958. Os candangos e todo o povo brasileiro só tinham ouvidos para a Copa do Mundo de futebol, que o Brasil disputava na Suécia com grandes chances de ganhar. No time brasileiro, um jovem goleador surgia: Pelé.

No dia da final do campeonato do mundo, o doutor Israel Pinheiro mandou seu assessor direto, Valdemir Ramuk, providenciar alto-falantes para que todos pudessem acompanhar a narração do jogo, visto que em Brasília ainda não havia antena de televisão. Candangos, engenheiros, políticos, comerciantes e até o próprio presidente Juscelino, irmanados na torcida pelo Brasil, pareciam uma grande família.

E a torcida valeu; o Brasil ganhou a copa e a taça Jules Rimet. Quando o jogo acabou, Brasília virou uma festa.

"A TAÇA DO MUNDO É NOSSA, COM BRASILEIRO NÃO HÁ QUEM POSSA..."

Cantaram todos a música dos compositores Maugeri, Dagô e Müller, até a festa acabar.

A vitória do Brasil deu um novo ânimo aos candangos, que passaram a se dedicar com afinco às obras da construção da NovaCap, muitos deles já designados para a abertura da estrada Belém-Brasília, que havia começado em maio daquele mesmo ano.

A praga do Curupira já não amedrontava os trabalhadores. O Brasil era campeão do mundo, o doutor Israel Pinheiro aumentara um pouco a hora trabalhada deles; dava até para guardar um dinheirinho e mandar para a família. O doutor Valdemir Ramuk era um amigo. Ouvia as queixas dos candangos, tentando resolvê-las. Curupira nenhum poderia mais atrapalhar toda aquela felicidade.

Nesse ambiente festivo, terminou o ano de 1958. Mas logo no início do outro...

O engenheiro agrônomo e médico veterinário Bernardo Sayão, que até então trabalhava na construção da nova capital, sob a supervisão do doutor Israel Pinheiro, fora designado pelo presidente Juscelino para dirigir as obras da estrada Transbrasiliana, mais conhecida como Belém-Brasília.

Certa tarde, o doutor Sayão trabalhava no acampamento montado à beira das obras da estrada, em Ulianópolis, no Pará, quando uma árvore de queda mal calculada desabou sobre a sua barraca.

Gravemente ferido, o engenheiro foi levado de helicóptero em busca de socorro médico, mas não resistiu, falecendo a caminho. Ironicamente, o corpo de Bernardo Sayão acabou por inaugurar o primeiro cemitério de Brasília.

– Então é isso, presidente Juscelino e meus colegas de trabalho – disse o engenheiro Ramuk –; pedi esta reunião, pois não sei mais o que fazer para esses candangos trabalharem. A história da vingança do Curupira, que parecia esquecida, com a morte do Bernardo voltou à tona com toda força. Tem muito candango de malas prontas pra deixar Brasília. Acreditam piamente que foi o Curupira que derrubou a árvore na barraca do Bernardo. Da Belém-Brasília então, ninguém quer mais ouvir falar. Há três dias praticamente ninguém trabalha na estrada.

Juscelino Kubitschek preocupou-se. Até ali, auxiliado por sua equipe de confiança, tinha conseguido driblar os problemas que iam surgindo e que não eram poucos. Mas como convencer os candangos? Era a morte trágica de Bernardo Sayão contra explicações que eles podiam dar, mas não podiam mostrar. O que fazer?

Sem condições de resolverem algo naquele momento, o presidente e os homens da cúpula administrativa da construção de Brasília combinaram de se reunir novamente, trazendo cada um ideias que pudessem combater aquele problema.

Valdemir Ramuk foi o último a sair do Catetinho; primeira construção erguida na nova capital para servir de residência presidencial. Levara esse nome em homenagem ao Palácio do Catete, no Rio de Janeiro, que até a inauguração de Brasília fora capital do Brasil.

Cabisbaixo, Ramuk tomou o caminho de sua casa. Os candangos que o viam passar sem as costumeiras brincadeiras, bons-dias e boas-tardes, estranhavam.

– Vai ver ele também tá com medo do Curupira – dizia um.

– Se ele tá com medo é porque a praga é verdadeira – dizia outro.

O engenheiro passou pela turba de candangos que trabalhava no que viria a ser o Eixo Monumental da NovaCap.

"Aqui ainda a praga do Curupira não atrapalhou o trabalho. Mas juntos encontraremos uma solução", pensou o confiante Valdemir Ramuk, dobrando uma rua, que ainda não tinha nome, mas em breve faria parte de uma superquadra.

– Quem diria, hein, Gui?

– Quem diria o quê?

– Que esta parte da cidade, assim, toda barrenta e esburacada, no nosso tempo, com certeza, é uma superquadra irada – respondeu a amiga, enquanto caminhavam pelas obras de Brasília.

– E põe irada nisso! – concordou Guilherme. – Bem aqui, ó – mostrou ele, batendo o pé no chão –, tem o Shopping Pátio Brasil. W3 Sul Qd. 701. É isso aí.

Manuela olhou incrédula para o amigo.

– Você pira, Guilherme.

Ele deu risada.

– E você cai em todas as minhas pirações.

TIO VALDEMIR

A caminho da casa do suposto tio, Manuela e Guilherme observavam cada detalhe daquela gigantesca obra.

– Quantas vezes andei pelas ruas na nossa querida Brasília, mas, pode crer, nunca pensei que tinha dado tanto trabalho pra construir – comentou Manuela, absorta com tudo aquilo. – Cê também não tá espantado, Gui?

– É claro que sim! Tô espantado com a sua capacidade de esquecer de umas coisas e mergulhar de cabeça em outras.

– Como assim? Não entendi.

– Como assim? Como assim? – repetiu Guilherme, imitando a amiga. – Você já esqueceu que não fazemos a mínima de como viemos parar aqui? Que nos perdemos da nossa verdadeira vida, Manu? E o pior de tudo, sem celular, rede social, SMS, tudo. Está toda derretida com a construção, com os candangos e o escambau!

Manuela pareceu voltar à realidade.

– Não esqueci de nada, Gui, mas também não posso deixar de admirar isso que está acontecendo com a gente. De que ia adiantar celular numa hora dessas?

– Tá tão admirada que até perguntou onde é que o "nosso tio" Valdemir morava. Cê sabe, por acaso, quem é esse Valdemir? – perguntou, cada vez mais irritado, o garoto.

– Já vi que você não presta atenção às aulas de História, né, Gui – disse Manuela, batendo de leve na cabeça do amigo. – A gente estudou sobre a construção da nossa cidade, sobre as pessoas mais importantes daquela época...

– Desta época, você quer dizer – interrompeu Guilherme.

Manuela riu.

– Pois é. Nas aulas de História, ouvimos falar do presidente Juscelino, do Israel Pinheiro, do Lúcio Costa, do Niemeyer...

– Eu quero saber é do tal de Valdemir Ribok, Manu!

– Ramuk, Guilherme – corrigiu Manuela. – Vê se aprende o nome do homem, pois pode ser que ele nos ajude a voltar ao nosso tempo.

Guilherme se espantou com o comentário da amiga.

– Corta essa de vidente, garota! Estamos na maior fria...

– Se eu fosse você, parava de reclamar e aproveitava para fotografar tudo o que fosse possível. Quando a gente voltar para o futuro, as fotos vão valer uma fortuna. Já pensou? Foto digital em 1959?

Os olhos de Guilherme brilharam de novo.

– Uau! Tô dentro, Manu. Pode continuar com os seus planos que eu obedeço – finalizou o garoto, já localizando a máquina digital, que havia guardado na mochila da escola.

Os dois amigos continuaram andando e observando a movimentação da cidade que nascia.

Um menino passava carregando uma cesta com garrafa térmica e pedaços de bolo, que vendia aos candangos.

– Olha o café! Café e bolo de fubá. Olha o café!

– Hummm... Adoro bolo de fubá! – suspirou Guilherme.

– Ei, garoto! – chamou.

O menino se aproximou.

– Quer café, bolo ou os dois? – perguntou.

– Me dá um pedaço de bolo.

O menino tirou o bolo de uma caixa, que levava na sacola.

– Quanto é?

– Vinte centavos.

Guilherme tirou a carteira do bolso e pegou duas moedas de dez centavos.

– Tá aqui, ó – disse, estendendo o dinheiro ao menino, que olhou para as moedas, espantado.

– Isso aqui não paga o bolo não – reclamou.

– Como não paga?! Não disse que eram vinte centavos? Então, tá aí – irritou-se Guilherme.

O vendedor colocou a sacola no chão, enfrentando-o.

– Isso não é dinheiro brasileiro e eu não sou otário, não! – gritou. – Tá aí com essa roupinha bonitinha e pensa que me engana? Ou me paga ou devolve o bolo.

Nervoso, Guilherme agarrou o menino pela gola da camisa.

– Gui! Gui! Calma, Gui! – interferiu Manuela. – O dinheiro desta época é outro.

Guilherme soltou o menino, sem graça.

– Desculpe – pediu –, eu não quis te enganar não – disse, devolvendo o bolo.

O menino devolveu as duas moedas, pegou a sacola e foi embora, desconfiado.

Guilherme ficou pesaroso com a ocorrência.

– Que chato, Manu!

– É mesmo, o menino tá pensando que somos desonestos.

– E eu fiquei sem aquela gostosura – resmungou Guilherme, fazendo a amiga rir.

Voltaram a caminhar.

– Qual é o dinheiro desta época em que viemos parar, Manu?

– Não tenho certeza, mas acho que é Cruzeiro – disse a amiga.

– E como são as moedas de dez centavos de Cruzeiro?

– Não lembro – ela respondeu, acelerando o passo –, mas não vamos demorar a saber, com certeza.

Valdemir Ramuk entrou em sua casa de madeira, como eram feitas as construções de todos os trabalhadores da nova capital, inclusive o Catetinho, projetado por Oscar Niemeyer.

– Quer um cafezinho, doutor Ramuk? – perguntou a serviçal. – Acabei de passar.

O engenheiro sentou em sua poltrona favorita, que havia mandado trazer de Belo Horizonte, sua terra natal. Saboreava o café, quando bateram à porta. A empregada foi abrir.

Minutos depois, ela voltou, toda sorridente, anunciando que um menino e uma menina estavam procurando por ele.

Ramuk estranhou visitas àquela hora, mas foi ver pessoalmente quem eram. Ao se deparar com Manuela e Guilherme, os olhos do engenheiro brilharam.

– Manuzinha! Guilherminho! Mas que surpresa boa é essa?! – exclamou, já apertando os garotos contra o peito. – Querem matar seu velho e solitário tio? – Então beijou muito os dois.

Aos poucos, Manuela e Guilherme foram se soltando dos braços do engenheiro. Estavam atordoados. Como podia aquele homem conhecê-los a ponto de abraçá-los e beijá-los daquele jeito?

– Foi coisa da Ziza, não foi? – voltou a falar Ramuk. – Essa minha irmã adora me fazer surpresas. E como vai ela, garotos? – perguntou, já levando os dois para a sala. – Sentem, queridos! Mazinha – disse para a empregada –, traga um refresco para meus sobrinhos. Mas vocês estão muito crescidos e cada vez mais bonitos! Onde estão suas malas?

Os dois amigos entreolharam-se, estupefatos.

– A... A... gente só trouxe uma mochila pra cada um – respondeu Guilherme, titubeante.

– Ah, que pena! Então não pretendem ficar muito? – lamentou-se o engenheiro. – Mas que saudade da minha irmã! E meu cunhado? Continua atendendo os pacientes pobres sem cobrar?

– Si... Sim, tio – atreveu-se Manuela. – Sabe como o papai é bondoso.

Ramuk balançou a cabeça em assentimento.

– Bom, bom. Mas não entendo como chegaram aqui. Que eu saiba, não pousou avião hoje.

– Não viemos de avião, tio Valdemir; fomos de ônibus até Goiânia, depois pegamos carona num jipe que vinha pra cá – explicou Guilherme, tentando se familiarizar com aquela situação inusitada.

O engenheiro, parecendo aceitar a explicação, serviu-se do refresco que a empregada acabava de trazer.

– Doutor Ramuk, seu Israel está aí fora com a perua.

Valdemir Ramuk devolveu o copo à bandeja, dirigindo-se aos sobrinhos.

– Meus queridos, o tio gostaria de ficar o dia todo com vocês, mas preciso trabalhar. Estamos com sérios problemas na Transbrasiliana. Mas quero que se sintam em casa. Mazinha – disse para a serviçal –, fique a serviço de meus sobrinhos.

– Claro, doutor Ramuk, eu adoro esses pestinhas! – disse ela, já carregando as mochilas deles para o dormitório.

– É por causa do Curupira que estão com problemas, tio? – perguntou Manuela.

Ramuk sorriu.

— Vocês também já ouviram falar? Nós sabemos que Curupira não existe, não é, filha? Mas alguém está enfiando o contrário na cabeça dos candangos.

— Quem e por que, tio? – perguntou Guilherme.

— Se eu soubesse... – o engenheiro respondeu, beijando-os e pegando o chapéu. – Até mais tarde, queridos.

Os dois amigos foram até a porta acompanhá-lo. Então, viram pela primeira vez Israel Pinheiro, que estava na perua e acenou para eles.

— É inacreditável! – exclamou Manuela. – Será que o Israel Pinheiro também nos conhece?

— Tudo pode ser, Manu. É loucura total. Como podemos ser os sobrinhos do Valdemir Ramuk se nunca o tínhamos visto, nem ouvido falar nele? Até a tal da Mazinha nos conhece.

— O doutor Ramuk fala muito de vocês – veio interromper a serviçal. – Vamos pra dentro que vou mostrar onde vão dormir.

Um quarto arejado e claro esperava por eles.

— Deixem sempre o vidro fechado, por causa do pó vermelho. Aqui no Cerrado, quando dá umas três horas, o pó vermelho voa pra todo lado. Só pode abrir de noite, por causa do calor – pediu Mazinha. – E se forem passear por aí, não vão dar prosa pra qualquer um, não. Tem candango bom e safado – disse ela, indo para a porta do quarto. – Vou preparar o almoço pra vocês.

– Mazinha! – chamou Guilherme.

– Sim, senhor – ela respondeu.

– Você também acredita nessa história de Curupira?

Mazinha franziu o sobrolho.

– O olho do doutor Sayão viu mais que o do Curupira – então saiu, fechando a porta.

OS CANDANGOS DA BELÉM-BRASÍLIA

Quando a perua que levava os engenheiros Israel Pinheiro e Valdemir Ramuk adentrou a clareira, aberta para servir de acampamento aos candangos que trabalhariam na estrada, um rebuliço se formou. Os peões sabiam que eles vinham para cobrar o serviço, apressar o andamento das obras.

Israel e Ramuk desceram da condução, observando as redondezas. Não viam nada de novo no serviço. A terraplanagem, que já deveria ter avançado muito, continuava a passo de tartaruga. Tinham basicamente só quinze ou vinte dias para fazer o encontro do centro e do Norte, através da Belém-Brasília.

Valdemir Ramuk tomou a palavra.

– Meus amigos, precisamos trabalhar, chegar ao fim dessa estrada. Finalmente o Norte não vai ficar mais isolado do

Brasil. Com a Belém-Brasília tudo será mais fácil e rápido. Já pensaram nisso?

– Rápido foi o jeito como o doutor Sayão seguiu pro mundo dos mortos – berrou um candango, agitando a turba, que passou a resmungar em uníssono.

– Atenção! Atenção! – gritou Valdemir Ramuk, percebendo a tristeza que tomou conta do amigo Israel, à simples lembrança da morte de Sayão. – Todos nós sentimos a morte do Bernardo. Nós dois, o Israel e eu, éramos muito amigos dele. Sua lembrança ficará para sempre na história desta cidade de Brasília.

– Curupira não quer saber de história nenhuma, não, doutor Ramuk. Ele falou: cada árvore que cair é um que vai morrer – gritou outro candango.

– Curupira é uma lenda, minha gente. Não existe. Nunca existiu, portanto não pode ter dito nada. Foi alguém que inventou essa história toda para vocês desanimarem – voltou a falar Ramuk, fazendo os candangos silenciarem.

– Fazer a gente desanimar por causa de quê, doutor Ramuk? O presidente Juscelino não contratou a gente pra trabalhar? Pra levantar a nova capital? Pois então. Quem, nesse mundo de Deus, ia se atrever contra as ordens do presidente e fazer a gente parar de trabalhar? – desabafou outro operário.
– Olha, doutor Ramuk, eu tô aqui, dentro dessa Brasília, desde o tempo em que isso aqui era um buraco. Eu e mais uma renca de gente; que sozinho a gente não faz nada, né? Pois é; eu e

mais meus companheiros passamos tudo quanto foi perigo, comemos o pão que o diabo amassou, mas nunca, nunca mesmo desanimamos. Né não, peãozada? – gritou o candango.

Uma ovação seguiu-se ao grito dele. Via-se que os próprios trabalhadores estavam incomodados com aquele clima de descontentamento geral.

Israel Pinheiro, homem inteligente e de pensamento rápido, percebeu que o companheiro Valdemir parecia tocar o coração dos candangos. Então deixou que ele continuasse.

Ramuk decidiu conversar de peito aberto com os homens e fazer uma proposta a eles. Subindo em um monte de sacos de cimento, retomou a palavra.

– Meus amigos, como disse agora mesmo nosso companheiro de trabalho, há poucos anos Brasília era um buraco. Centenas de pessoas, como vocês, chegavam diariamente. Vinham de todos os lugares do Brasil; do Nordeste, do Mato Grosso, de Minas Gerais, de Goiás e até mesmo do Sul. Chegavam, como vocês todos chegaram, à procura de trabalho, muitos apenas com a roupa do corpo. Uns se alojavam nos canteiros da obra da NovaCap, outros preferiam construir seus barracos. Foi assim que nasceu a Cidade Livre.

Emocionados com a fala do engenheiro e recordando o início daquela empreitada gigantesca, os candangos explodiram em uma salva de palmas.

– Viva, doutor Ramuk!

– VIVAAAAAA!

– Viva, doutor Israel!
– VIVAAAAA!
Valdemir Ramuk pediu silêncio.
– Obrigado, minha gente, mas deixem-me terminar. Como dizia, foi graças ao empenho e ao trabalho que surgiu a Cidade Livre; uma cidade feita com tábuas e com o suor de todos vocês. Será que esse trabalho merece ir por terra?

Os candangos silenciaram totalmente. Chapéus amassados nas mãos, olhos preocupados, instintivamente baixaram suas cabeças.

– Desde que as primeiras frentes de trabalho foram abertas, todos nós formamos uma só família – voltou a falar Ramuk. – Então hoje, o Israel e eu, dois membros dessa enorme família, temos um pedido a fazer.

Os olhares aflitos daquela gente simples, de pele crestada pelo sol do Cerrado, voltaram-se para o engenheiro.

– Acreditem na gente; Curupira não existe. Tem alguma coisa por trás disso tudo e o Israel e eu prometemos descobrir.

Israel Pinheiro assentiu com a cabeça, deixando o amigo continuar.

– Enquanto vocês estão preocupados com o Curupira e nós com o atraso nas obras, não temos tempo para nos preocupar, nem dar atenção a outras coisas que possam estar acontecendo. Então vamos combinar o seguinte – propôs Ramuk –: vocês voltam a trabalhar com garra e ânimo, como sempre fizeram, então o Israel, eu e os outros companheiros teremos

tempo para descobrir o que está por trás de tudo isso. Será que nós merecemos essa oportunidade? – finalizou o engenheiro.

O silêncio só se quebrou quando um candango, lá no final da multidão, gritou.

– Vamos trabalhar, minha gente, em homenagem ao doutor Sayão, que queria tanto ver a estrada pronta!

– Pode contar comigo – disse um.

– E comigo também – disse outro, e aos poucos o ânimo pareceu voltar ao canteiro de obras da Transbrasiliana.

Israel Pinheiro e Valdemir Ramuk foram abraçados, tomaram café e bateram papo com os candangos por um bom tempo. Depois rumaram para a barraca-escritório, antes ocupada por Bernardo Sayão, onde tomaram pé dos detalhes da obra.

– Precisamos encontrar a resposta, Israel – disse Ramuk. – Os candangos, apesar do medo, vão voltar ao trabalho, cumprir a parte deles. Temos que cumprir a nossa. Mas como? Quem, no meio dessa imensidão de gente, estará espalhando esse terror pelo Curupira? E por quê?

A NOVA CAPITAL NA DIGITAL

Quando Mazinha saiu do quarto, Manuela e Guilherme puderam finalmente extravasar suas preocupações.

— Como dizia Shakespeare: *to be or not to be* – resmungou Guilherme, refestelado em uma das camas.

— O que é que Shakespeare tem a ver com tudo isso, Gui?

— Sei lá, Manu! Já não sei de mais nada. Como viemos parar aqui? Como esse "doutor" Ramuk conhece a gente?

— Coitadinho do tio Valdemir! Ele é tão simpático, Gui! – reclamou Manuela.

— É simpático, mas não é nosso tio, pombas! Nós não somos filhos da irmã dele. Aliás, nós nem somos irmãos. Lembra, né, Manu? – esbravejou Guilherme.

Manuela também se sentou.

— E o Bernardo Sayão? – perguntou ela.

– O que é que tem?

– O que aconteceu mesmo com ele? Sei que já estudamos sobre isso, mas não me lembro. Por que a Mazinha disse que ele viu mais do que o Curupira?

– Eu nem me lembro quem é esse Bernardo Sayão, como vou saber o que aconteceu com ele? – respondeu Guilherme, tirando os tênis e as meias.

– Ai, só me faltava essa! – disse Manuela, tampando as narinas.

– Não enche! – estrilou Guilherme. – Já se tocou que não temos uma roupa pra trocar? Nem cueca, nem nada?

– Cueca não vai me fazer falta nenhuma – brincou a amiga. – Mas realmente vai ser duro enrolar o tio Valdemir. Dissemos que as roupas estavam na mochila, lembra?

Guilherme, dirigindo-se à janela, observou os arredores.

– Voltar ao passado... Que viagem! Ninguém vai acreditar, quando contarmos.

– E será que ainda vamos contar isso a alguém? – disse Manuela, desabando num choro, há muito contido.

O amigo aproximou-se, abraçando-a.

– Vamos sim, Manu. Como viemos pra cá, vamos voltar para a nossa Brasília do século vinte e um. Passear no Eixo Monumental, na Esplanada dos Ministérios. Detonar uma grana na feira da Torre de TV, nos shoppings, andar de pedalinho no lago Paranoá.

– Tem razão, Gui. Juntos nós vamos conseguir.

– Então tá – disse ele, feliz por ter animado a amiga. – Agora vamos almoçar, que já ouvi a Mazinha chamando a gente. Quem sabe ela conhece algum lugar que vende roupa.

– Boa ideia – concordou Manuela. – Depois do almoço podemos sair por aí e tirar umas fotos, que tal, Gui?

– Fechado, Manolita. Errrrrr... foi mal – disse, já se desculpando por tê-la chamado assim, coisa que a amiga abominava.

Na pequena sala, uma farta mesa os esperava.

Depois de satisfeito, Guilherme elogiou tanto a comida de Mazinha, que a deixou emocionada.

– Bem se vê que você é sobrinho do doutor Ramuk. Bonzinho que só vendo!

Já íntimo da serviçal, Guilherme inventou uma história de assalto. Disse que quando haviam descido do ônibus, em Goiânia, enquanto aguardavam a outra condução, um grupo de garotos havia assaltado as mochilas deles e roubado as roupas. Não tinham dito nada ao tio para não preocupar.

Mazinha ficou com dó dos dois, mas prometeu que não contaria nada ao tio deles. Então disse que ali perto estava morando um mascate, que trazia roupas de Goiânia para vender em Brasília.

– É só vocês falarem que são sobrinhos do doutor Ramuk e pronto. Depois o mascate cobra dele. Gostando de vocês do jeito que gosta, seu tio nem vai querer saber por que compraram roupa nova – finalizou a bondosa serviçal, já retirando as travessas da mesa.

Teria que ser daquele jeito mesmo, concluíram os garotos. Ainda lhes restava nas mochilas o dinheiro que pagaria o lanche da escritora Marici Menezes. Mas ali, naquele momento, os reais de suas carteiras para nada serviriam.

Despedindo-se de Mazinha e prometendo tomar cuidado, Manuela e Guilherme saíram, munidos da máquina digital, na tentativa de captar imagens daquela incrível aventura.

A Cidade Livre tinha duas ruas: a Primeira Avenida ou Avenida Central e a Segunda Avenida. A Avenida Central era a de maior movimento, pois os jipes e caminhões trafegavam incessantemente, num vaivém sem fim. Entre a Cidade Livre e os acampamentos de obras adjacentes havia por volta de cinco mil habitantes.

Andando pelas obras da futura capital do Brasil, Guilherme ia fotografando tudo.

– Você também devia ter trazido o gravador, Manu – disse ele – daí podíamos entrevistar os candangos.

– O que escolhemos para o trabalho do colégio foi "Um dia de escritor", não "Um dia de repórter", já esqueceu? – respondeu Manuela.

– Não tem nada a ver isso que você tá falando, Manu. Gravar depoimentos dos candangos seria um material sensacional, que poderíamos até vender pra algum jornal ou revista.

Manuela deu uma risada sarcástica e comentou:

– Quanta ignorância, Guilherme! Há milênios que a imprensa fala dos candangos. Entrevistou candangos, filmou candangos, mães de candangos, filhos de candangos. Foi uma candangação geral. E você vem me dizer que se eu gravasse uma entrevista com eles seria um furo de reportagem? Faça-me o favor!

Guilherme sentiu-se derrotado, a amiga tinha razão. Milênios era um exagero, mas que há muitos anos se falava dos candangos era verdade. O assunto já estava praticamente esgotado. Ele não faria sucesso com suas fotos. Enfim...

Perdido em conjeturas, o garoto nem percebeu que uma discussão se havia formado em um estabelecimento comercial, em frente de onde passavam. Na placa, lia-se "Mercado da Alzirinha – Tem de Tudo".

– Tem de tudo mesmo, até briga – brincou Manuela, já atravessando a rua para observar. – Vem, Gui! – chamou.

Disfarçadamente, os dois amigos se aproximaram. Um grupo de candangos discutia. Por mais que aguçassem os ouvidos, os dois amigos não conseguiam ouvir o motivo da peleja. Repentinamente, uma mulher saiu de trás do balcão do mercadinho, com uma vassoura em punho. Investindo contra os candangos brigões, gritou:

– Fora do meu comércio! Fora! Vocês não sabem do que Alzirinha é capaz quando fica nervosa.

Quer intimidados pela dona do estabelecimento, quer cansados de discutir, os candangos foram deixando o local.

Só dois homens permaneceram na porta do mercadinho; justamente os que pareciam ser os encrenqueiros. Olharam para um lado, para outro, então seguiram caminho. Não haviam andado muito, os dois homens sentaram-se atrás de um monte de tijolos.

Manuela e Guilherme aproximaram-se o quanto puderam para ouvir o que os candangos falavam.

– Falou com o Zé, Bigorna? – perguntou um ao companheiro.

– Já te disse, Joilson, tem dias que não vejo o Zé.

– Pois é bom ver logo. O serviço não pode esperar – reclamou Joilson, enfiando a mão no bolso e tirando um maço de notas.

– Toma, Bigorna, isso é pra tu sumir daqui. Leva o caminhão pro lugar marcado, carrega, depois some. Entendeu?

Bigorna pegou o dinheiro e enfiou no bolso da camisa.

– Tá bom – respondeu ele. – E se eu não achar o Zé?

– Não tem essa possibilidade, tu tem que achar ele – disse Joilson, nervoso. – O trem vai chegar em Anápolis daqui a dois dias. Tu não pode ir levar o material de novo, senão levanta suspeita. Tem que ser o Zé.

Quietos e atentos, Guilherme e Manuela ouviam tudo.

– Tu lembra tudo o que tem que falar pro Zé? – perguntou Joilson.

– Sei – respondeu Bigorna. – Ele leva a carga pra Anápolis e descarrega no trem, depois volta pra Brasília. Então procura você.

– Isso – confirmou o outro. – Depois monto o esquema de novo com algum outro cabra, que candango querendo ganhar dinheiro extra não falta.

— Fico com medo do doutor Israel e doutor Ramuk desconfiar — resmungou Bigorna.

— Doutor Israel e doutor Ramuk não sabem de nada; são uns infelizes — irritou-se Joilson. — Tem candango que tá na folha de pagamento, mas não existe — disse, com escárnio.

— Doutor Ramuk não é infeliz, não. É um sujeito muito bom. Doutor Israel também — retrucou Bigorna.

— Não sei por que te aceitei no bando; tu é muito frouxo, homem! — finalizou Joilson, já se levantando — Vai, vai atrás do Zé e para de falar besteira!

Ao ouvirem aquelas palavras finais, Guilherme e Manuela trataram de se esconder em outro lugar. De onde estavam, viram Joilson caminhar para a direita, enquanto Bigorna tomou a esquerda.

— Buemba, buemba, buemba! — exclamou Guilherme. — Que super trama tá se desenrolando, nas barbas do Ramukão!

— Temos que contar pra ele — disse a amiga.

— E acha que ele vai acreditar, Manu?! Vai achar que é fruto da nossa imaginação de adolescente.

— Não vai não, caro colega — disse com tanta convicção a amiga, que deixou Guilherme curioso.

— Como você tem tanta certeza, garota?

— Eu trouxe o gravador e gravei tudo, *baby* — explicou, mostrando o mini-gravador.

Guilherme abraçou a amiga.

— Grande Manolita! Gostei de ver. Já eu dei uma de otário. Podia ter fotografado os caras, na boa.

– Não dava pra fotografar, Gui, eles iam perceber – disse ela, guardando o gravador no bolso da calça jeans. – E para de me chamar de Manolita. Eu odeio!

– Tá bom, *sorry, baby* – desculpou-se Guilherme. – Mas que material será esse que o tal Zé tem que entregar em Anápolis?

– Sei lá, mas algo me diz que é material de construção desviado das obras – comentou Manuela, pensativa. – Será que o Zé que eles querem encontrar é o mesmo que estava no Bar e Lanches NovaCap, quando chegamos?

Dessa vez foi Guilherme que ficou pensativo.

– Sabe que de vez em quando você é inteligente, Manu? – brincou. – Tem tudo a ver isso que você disse. Que tal a gente dar uma passada na NovaCap e levar um papo com a ... como é que ela chama, mesmo?

–Lena – recordou Manu. – Vamos, vamos sim. Depois passamos no mascate que a Mazinha falou.

Já era final de tarde. A conversa com Lena fora longa. Muitas histórias eles ouviram sobre os candangos. Histórias boas e ruins. Lena era discreta, mas deixara escapar algumas coisas estranhas como: "Tem peão, por aí, desfilando de roupa nova, ouro no dente, e ganha a mesma coisa que os outros. Como é que é isso?".

Quando saíam da lanchonete, Zé chegava.

– Tão perdido, de novo, meninos? – perguntou. – Já disse pra não irem pras banda da Transbrasiliana que Curupira se vinga, não disse?

Repentinamente, Guilherme voltou-se e tirou uma foto do homem. Feliz, correu ao encontro de Manuela. Breve, a longa conversa seria com Valdemir Ramuk.

A RÁDIO PEÃO

Eram 19h30 quando Mazinha bateu no quarto dos dois amigos, anunciando o jantar.

Ao adentrarem a pequena sala, Valdemir Ramuk já os esperava.

– Nossa, já estava saudoso dos meus queridos! – disse ele, efusivamente. – Como estão elegantes!

Os sobrinhos ficaram sem graça. Beijaram o suposto tio e sentaram-se à mesa, ao lado dele.

– Tio Valdemir, precisamos contar uma coisa pro senhor – disse Manuela.

– Pois contem – disse, sorridente, o engenheiro.

– Encontramos um mascate vendendo umas coisas muito bonitas. Daí, o Guilherme e eu experimentamos estas roupas

– então mostrou as suas e as do amigo – e gostamos tanto que compramos. Só que...

Valdemir Ramuk nem deixou a sobrinha continuar. Foi logo dizendo que fazia questão de presentear os dois com as roupas, que nunca dava nada a eles, que eram seus únicos sobrinhos, que isso e aquilo. Manuela e Guilherme agradeceram e deram por encerrado o assunto.

– Mas me contem o que fizeram de bom a tarde toda – voltou a falar Ramuk. – Mazinha me disse que você, Guilherminho, adorou a comida dela.

– Ah, mas esse aí come até pedra, tio Valdemir – adiantou-se Manuela.

O engenheiro deu risada.

– Pois tem por quem puxar; minha irmã Ziza sempre foi boa de garfo.

Os dois amigos entreolharam-se ainda incrédulos com tudo aquilo que estavam vivendo.

– Mas contem. Sei que foram passear pela cidade. O que acharam? O que mais interessou vocês? – insistiu o tio, já se servindo da gostosa sopa de feijão com macarrão feita por Mazinha.

– Tio Valdemir – começou Guilherme –, desculpe responder sua pergunta com outra, mas estou curioso com algumas coisas.

– Pois não, meu filho, pode perguntar.

– O senhor e o doutor Israel nunca desconfiaram de desvio de material das obras?

– Guilherme! – exclamou Manuela, preocupada.

– Guilherme o quê, Manuela? Tio Ramuk precisa saber.

O engenheiro interrompeu as colheradas de sopa, espantado com a questão levantada pelo sobrinho.

– Por que está me perguntando isso, querido?

– É que durante o passeio nós vimos e ouvimos muitas coisas que nos fizeram desconfiar de que existe alguma gangue de candangos desviando material – explicou Guilherme.

Ramuk limpou os lábios e perguntou:

– Vocês já ouviram falar em rádio peão?

Como os sobrinhos respondessem em negativa, ele explicou:

– Rádio peão é o mesmo que boca-a-boca, notícia que se espalha no meio de muita gente. O Israel e eu já ouvimos comentários aleatórios sobre isso; já recebemos no escritório candangos que vêm falar de outros. Mas, de concreto, sinceramente, não constatamos nada. Vocês também ouviram a rádio peão enquanto passeavam? – perguntou Ramuk, voltando a saborear a sopa acompanhada de torresminho mineiro.

– Não, tio. A gente ouviu dois peões conversando sobre isso – disse Guilherme.

– E o que diziam, filho?

– Um cara, que se chamava Joilson, deu dinheiro pra outro, por algum serviço que ele tinha feito. Depois, mandou ele procurar um terceiro. Disse que o trem ia chegar em Anápolis e o cara, que se chamava Zé, tinha que ir levar o material, depois voltar e procurar por ele – explicou Guilherme. – Ah! Também disse que o senhor e o doutor Israel são uns infelizes.

– Guilherme! – explodiu Manuela, dando um tapa na mesa.

Valdemir Ramuk quase cuspiu a colherada de sopa.

– Como é que é, Guilherminho?!

– Não é nada, tio – tentou contemporizar Manuela, mas o amigo continuou.

– O tal de Joilson disse que na folha de pagamentos tem candango que não existe e que o senhor e o doutor Israel nem desconfiavam.

O engenheiro parou definitivamente de comer.

– Deus do Céu! Mas isso tudo é muito grave! – comentou. Voz preocupada, Valdemir Ramuk pediu que os sobrinhos contassem exatamente tudo o que tinham ouvido.

Já que era assim, Manuela também discorreu sobre a conversa com Lena na NovaCap e os comentários desconfiados dela.

Após ouvir atentamente os sobrinhos, o engenheiro concluiu:

– Vocês precisam repetir isso tudo para o Israel, queridos. Pode ser?

Sentindo-se importante, Manuela tirou o gravadorzinho do bolso da saia de sarja, que comprara do mascate.

– Não vai ser preciso, tio. Eu gravei a conversa dos dois candangos.

Valdemir Ramuk observou, extasiado, o tamanho do gravador da sobrinha.

– Onde conseguiu um gravador desse tamanho, Manuzinha?

Só então a garota lembrou que na época em que estavam os gravadores portáteis eram enormes.

– Foi... foi...

– Foi uma amiga da mamãe que trouxe do Japão pra ela, tio – apressou-se Guilherme a responder.

Manuela adorou a intromissão.

– É, foi isso, tio Valdemir. Mas este nem é tão pequeno e ainda é de fita.

– Manuzinha, se não tivesse fita, como é que ia gravar? – comentou Ramuk, alisando a cabeça da sobrinha.

Guilherme deu uma piscada para a amiga encerrar aquele assunto. Se falasse dos gravadores digitais, dos *smartphones*, iam ter que aumentar muito a mentira.

Mazinha apareceu na porta da sala.

– Vocês aceitam doce de abóbora?

Pouco depois, Ramuk e os sobrinhos saboreavam o doce.

– Posso ficar com seu gravador, querida? – pediu o engenheiro, um tanto incrédulo quanto ao conteúdo do aparelho. – Quero ouvir toda a conversa.

– Claro, tio! – concordou Manuela, pedindo em seguida, que ele contasse sobre a morte de Bernardo Sayão.

Ramuk passou a mão no rosto, que se anuviou.

– Foi um dia tristíssimo para Brasília – então recordou toda a infeliz história da morte do engenheiro. Ao término do relato, Manuela fez um comentário estranho para o tio:

– Agora lembrei de tudo. Por ironia do destino, o corpo do doutor Sayão inaugurou o Campo da Esperança.

– Como disse, Manuzinha? – perguntou Ramuk. – O que significa Campo da Esperança?

– É o nome do cemitério, tio. Não lembra, não? – disse a sobrinha, sem perceber que passado e presente se chocavam novamente.

– Vocês acabaram de criar um bom nome para o cemitério de Brasília, queridos – animou-se o tio. – Vou dar a ideia para o Juscelino.

Só naquele momento os dois amigos recordaram sua situação de viajantes do futuro.

– Bem, tio Valdemir, já que vai falar com o presidente sobre o nome do cemitério, que tal sugerir que a Belém-Brasília leve o nome do doutor Bernardo Sayão? – disse Guilherme, piscando para a amiga.

– Como são inteligentes esses meus sobrinhos! – disse o engenheiro, abraçando os dois. – Vou fazer isso, com certeza. Ninguém mais do que o Sayão merece batizar a estrada.

– Olha o cafezinho, doutor Ramuk – voltou dizendo Mazinha.

Valdemir Ramuk saboreou o café com ar preocupado.

– Sabem que com todas essas informações que me prestaram voltei a lembrar do Curupira? – comentou ele, dando um estalo nas ideias de Guilherme.

– Nossa, como não pensamos nisso?! Tem tudo a ver! Enquanto os candangos se preocupam com a maldição do

Curupira e o senhor e o doutor Israel com o atraso das obras, não tem ninguém para vigiar os bandidos.

Manuela também vibrou.

– Será que estamos descobrindo o fio da meada, tio Valdemir?

Depositando a xícara de café na bandeja que Mazinha lhe estendia, o engenheiro apertou o gravador.

– Talvez aqui dentro esteja o começo do fio da meada, minha querida. Com a ajuda de vocês dois, vamos desvendar todo esse mistério.

Dito isso, Valdemir Ramuk despediu-se dos sobrinhos e foi se deitar. No Cerrado, o sol raiava muito cedo.

O PERIGO MORA AO LADO

Ainda não eram nem 7 horas, quando Manuela e Guilherme acordaram com batidas na porta de seu quarto.

– Manuzinha! Guilherminho! – ouviram o sussurro do tio.

Guilherme levantou de um pulo e foi abrir a porta. Encontrou Ramuk com ar preocupado.

– Desculpem seu tio, meninos, mas é que ocorreu uma coisa muito estranha; a fitinha do gravador não está mais dentro dele. Vim ver se vocês, por acaso, a pegaram.

Ao ouvir aquilo, Manuela também levantou da cama.

– Como assim, tio? A última vez que vimos o gravador foi quando o senhor o levou para seu quarto – ela comentou.

O engenheiro entrou, fechando a porta.

– Vem cá, tio! – pediu Guilherme, fazendo-o sentar na cama. – Como é que foi a coisa? O senhor chegou a ouvir a gravação?

– Infelizmente, não. Como vocês haviam me posto a par do conteúdo dela, resolvi deixar para ouvi-la junto com o Israel.

– Quando o senhor foi para o quarto, ontem à noite, fez o que com o gravador? – voltou a questionar Guilherme.

– Eu o deixei em cima da mesinha, onde está minha máquina de escrever, então me deitei. Hoje cedo, quando acordei, a primeira coisa que fiz foi olhar o gravador. Como ele estava no mesmo lugar, fui me preparar para o trabalho. Só agora é que percebi que a fitinha não estava mais dentro.

Os dois amigos entreolharam-se, preocupados.

– O senhor costuma trancar a porta do quarto quando dorme, tio Valdemir? – perguntou Manuela.

– Não, querida, não acho necessário – ele respondeu. – Mas há a janela...

– O que é que tem a janela? – perguntou Guilherme.

– Não reparou, meu filho? Elas são muito baixinhas, simples basculantes de madeira. Com este calor do Cerrado, ninguém aguenta deixá-las fechadas.

Instintivamente, Manuela e Guilherme olharam para a janela de seu quarto. Constataram: até uma criança entraria facilmente por ela.

Um silêncio tomou conta do quarto.

– Tenho sono pesado – retomou o assunto Valdemir Ramuk –, confesso. Qualquer um poderia ter entrado em meu quarto e pegado a fitinha. Mas quem, além de nós, sabia que

ela existia? Duvido até que aqui em Brasília exista alguém que possua um gravador desse tamanho.

Outro silêncio, mas desta vez acompanhado de uma suspeita.

– O senhor assistiu ao filme *O perigo mora ao lado*, tio Valdemir? – perguntou Manuela.

Ramuk olhou a sobrinha com curiosidade.

– Não assisti nem ouvi falar desse filme, querida. E olhe que sou um cinéfilo.

Pelas caras e bocas que Guilherme fazia, a amiga percebeu que tinha dado outro fora. O filme havia sido lançado em 2002, ela se lembrou; Ramuk não poderia conhecer, mesmo.

– A Manu leu sobre esse filme em algum lugar, tio – consertou Guilherme.

– Sim, mas por que falou nisso agora, querida? – perguntou, voltando-se para a sobrinha.

– Porque não fomos só nós a saber que eu tinha gravado a fita; a Mazinha entrou trocentas vezes na sala enquanto conversávamos – respondeu Manuela, deixando Ramuk espantado.

– A Mazinha?! Não, não, filha. Ela trabalha para a nossa família há anos. Jamais tocou em algo da minha casa, por isso a trouxe comigo.

– Sempre tem uma primeira vez, né, tio? – disse Guilherme.

– Não, não, não! Definitivamente não! Com que intuito a Mazinha iria roubar a fitinha? – irritou-se o engenheiro.

– Sei lá! Curiosidade, tio – concluiu, sem graça, o garoto.

– Eu, se fosse o senhor, perguntava pra ela, viu, tio Valdemir – disse Manuela. – Não custa.

O engenheiro não disse mais nada. Levantou da cama dos sobrinhos e saiu do quarto, fechando a porta. O sumiço da fitinha havia desnorteado Ramuk a ponto de ele nem ter percebido que os sobrinhos haviam dormido de roupa.

Os dois amigos não conseguiram mais pegar no sono. Que mistério seria aquele? Teria alguém rondando a casa?

– Ainda bem que o gravadorzinho não sumiu. Meu pai me mata se isso acontecer. Foi o pai dele quem me deu – disse Manuela.

– Mas não era da "nossa mamãe"? – pilheriou Guilherme, lembrando da história que tinham inventado e fazendo a amiga dar um meio sorriso.

Enfim, com o sono interrompido e os estômagos dando sinais de fome, Manuela e Guilherme rumaram para a cozinha. Aguardaram, porém, na porta, quando perceberam que o tio conversava com a serviçal.

– Nunca, nunquinha que eu ia mentir pro senhor, doutor Ramuk – dizia Mazinha. – Eu não sei que diabo de fitinha é essa que o senhor tá procurando. Não sei mesmo – então começou a chorar.

Ramuk abraçou a companheira de longa jornada.

– Não disse que foi você, Mazinha. Queria saber se ouviu algum barulho esta noite, algum movimento estranho na casa. Só isso.

Nesse ponto da conversa, os dois amigos entraram na cozinha, fingindo de nada saber. Mazinha enxugou os olhos no avental e serviu o café com bolo de fubá, ali mesmo, na pequena cozinha da casa. Ramuk tomou-o rapidamente e beijou os sobrinhos.

– Até mais tarde, queridos. Se forem sair, todo cuidado é pouco.

– Vamos virar a casa de pernas pro ar, tio – prometeu Guilherme. – Nada evapora desse jeito.

O engenheiro fez um sinal de positivo e saiu para a rua.

A manhã passou num piscar de olhos. O trabalho em vão de vasculhar a casa, canto por canto, tomou o tempo todo dos garotos.

– Vocês aceitam um refresco? – veio interromper Mazinha.

Com o calor que fazia, nenhum dos dois recusou a oferta. A serviçal, satisfeita, voltou para a cozinha.

Uns quinze minutos depois, nada de ela voltar com os refrescos.

– Gente, a Mazinha foi fabricar suco de caixinha? – reclamou Manuela, já se dirigindo à cozinha.

– Manu, vê se te aguenta com essas coisas que fala, da nossa época. Daqui a pouco, o Ramukão vai se ligar – comentou o amigo, seguindo-a.

– Ai, Guilherme! Vai se ligar de quê? Posso saber? Acha que ele vai pensar que viemos do futuro, sendo que, inacreditavelmente, nos reconheceu como sobrinhos dele?

— Psiu! — fez Guilherme, interrompendo a amiga.

— O que foi?

— Xiiiiiiiiiiiu, pôxa! — esbravejou ele. — Tô ouvindo uma conversa.

Pé ante pé, os dois amigos se aproximaram da cozinha, pelo lado de fora da casa. Um homem, debruçado no parapeito da janela de madeira, conversava com Mazinha.

— Vai espiar a cozinha do lado de dentro — sussurrou Guilherme para a amiga.

— Pra quê? — ela devolveu o sussurro.

— Vai lá, garota!

Mesmo sem saber o motivo, a garota fez o que o amigo pediu. Guilherme continuou vigiando o homem.

Silenciosamente, Manuela entrou na casa, chegando até a cozinha. Então, para não ser vista, colou o corpo bem rente à parede. Dali pode ver Mazinha conversando baixinho com o homem.

— Cuidado, meu filho, os perigos tão pra todo lado. Você tem bom coração, mas é teimoso demais. Falar as coisas procê é que nem malhar em ferro frio — disse Mazinha. — Leva, faz o que é devido, depois volta pro teu trabalho e não se fala mais nisso, tá bom? — então deu a ele uma sacola.

— A bença, tia — disse o homem —, a senhora não vai se arrepender.

— Deus te abençoe e guarde, Antenor.

De seu esconderijo externo, Guilherme viu o sobrinho da serviçal ir embora. Em seguida, Manuela se reuniu a ele.

– E daí, Manu, descobriu alguma coisa?

– Bem, descobrir, não descobri. Só ouvi uma conversa da Mazinha com o cara, que é sobrinho dela.

– Como sabe?

– Na despedida ele chamou ela de tia. Daí ela chamou ele de Antenor.

– Só isso? Você viu a cara dele?– quis saber Guilherme.

– Não, só o vulto. Antes de o sobrinho ir embora, a Mazinha deu uma sacola pra ele; acho que era comida, fruta, sei lá! E você, descobriu algo diferente?

– Nada, Manu, vi o mesmo que você, o lance da sacola e tudo. Mas não deu para ouvir nada, nem ver a cara do homem.

– Continuamos na mesma – disse a amiga, desanimada.

– O negócio é esfriar a cuca com o tal refresco fantasma, que a Mazinha ofereceu e não deu – brincou Guilherme. – Tomara que não seja suco de pequi, foi ele que nos meteu nessa enrascada.

– Foi tomando suco de pequi que deixamos a Marici Menezes, na lanchonete – recordou Manuela. – Será que ela ainda está lá?

Mazinha acabava de preparar a bandeja com os refrescos quando os garotos entraram na cozinha.

– Nossa, Mazinha, que suco demorado é esse? – brincou Guilherme.

A serviçal se alvoroçou.

– É que meu sobrinho veio buscar um farnel que lhe prometi – ela explicou.

– Farnel?! – espantou-o garoto.

– Um lanche, Gui, é isso – traduziu Manuela para a linguagem do século vinte e um.

Os dois se sentaram para tomar o suco.

– Vocês acharam a tal fitinha do doutor Ramuk? – perguntou Mazinha, de supetão.

– Não, não achamos nem sombra da fitinha – disse Guilherme. – E você, achou?

Com a inesperada pergunta, a serviçal soltou no chão a jarra contendo o resto do suco.

– Ai, Deus meu, se doutor Ramuk souber! – ela gritou, rompendo em pranto.

SHERLOCK, POIROT E O CURUPIRA

No momento em que Manuela e Guilherme decidiram sair de casa indo em busca de novas pistas, completava um dia que eles tinham voltado ao passado, abandonando inexplicavelmente suas verdadeiras identidades.

"Para ser escritor tem que ter a cabeça meio na Terra, meio na Lua; prestar atenção nos mínimos detalhes e usar muito a memória. Tem que ter paciência e ser corajoso" lembrava Manuela, quando o amigo a puxou pelo braço.

– Tá doida, garota? Quase que o caminhão te pega!

– Nossa, eu nem vi – disse ela –, tava distraída lembrando das coisas que a Marici Menezes disse e tentando achar uma resposta para tudo isso que estamos vivendo.

Guilherme também ficou pensativo.

– Sabia que, apesar de estar curtindo essa mágica aventura, dava tudo pra estar na minha casa, de pernas pro ar, jogando *videogame*?

Manuela balançou a cabeça concordando.

– E eu? Juro que até aturar minha mãe reclamando que eu não como verduras e meu pai bufando porque minha mesada não vai até o final do mês, eu queria.

Enquanto ouvia a amiga, Guilherme observava o ir e vir dos caminhões. De repente, sobressaltou-se:

– Que estranho! Parece que vi dois caminhões com a mesma placa.

– Como assim? – quis saber Manuela.

– Aquele que quase te atropelou e esse que acabou de passar; os dois têm o mesmo número de chapa.

– Errr... só pode ser o mesmo caminhão, né, ô burraldo!

– Não é não. O primeiro estava carregadinho e esse totalmente vazio. Eles passaram aqui com uma diferença de cinco minutos, no máximo; não dava tempo de descarregar – explicou Guilherme.

– Tem certeza, Gui?

– Absoluta.

– Para ser escritor também tem que ser um pouco detetive – disse, subitamente, Manuela.

– O quê? – intrigou-se Guilherme.

– Tô lembrando de tudo o que a Marici falou. Você vai dar um bom escritor, Gui. Como foi prestar atenção nesses detalhes dos caminhões, cara?

Guilherme sorriu.

– E também prestei atenção na choradeira que a Mazinha aprontou, só porque derrubou uma jarra. Não achou estranho, Manu?

– Realmente... imagine se o tio Valdemir vai achar ruim!

– A bem da verdade, estamos mais pra Sherlock Holmes e Hercule Poirot do que pra escritores, Manu.

– E enquanto os detetives descobrem pistas, o Curupira continua atacando – rebateu Manuela.

– Que Curupira, que nada! – exclamou Guilherme. – Vamos já procurar o Ramukão e contar a história do caminhão.

– Até rimou – brincou Manuela, correndo atrás do amigo rumo ao escritório.

No barracão contíguo ao Catetinho, funcionava o escritório central. Dele partiam as principais decisões. Sobre sua ampla mesa, Oscar Niemeyer abria os croquis das obras, Lúcio Costa mostrava os últimos cálculos, Israel Pinheiro via, ouvia, opinava e decidia.

Só quando o presidente Juscelino e outras pessoas envolvidas na grandiosa obra estavam presentes as reuniões eram feitas no próprio Catetinho.

Naquele dia, Israel Pinheiro despachava no barracão-escritório, quando seu assistente direto chegou.

– Até que enfim, Ramuk! Que atraso foi esse? – disse Pinheiro, visivelmente irritado.

– Precisei checar várias coisas, antes de vir, Israel – desculpou-se o outro. – Mas o que aconteceu? Parece nervoso.

Israel Pinheiro levantou-se e andou até a janela.

– Está vendo aquele candango que vai ali? – apontou. – Acabei de despedi-lo.

– Por quê? – arguiu Ramuk.

– Tenho certeza de que estava roubando. Ele fingia que não via o caminhão sair sem descarregar a areia. Dava uma volta e apontava o preço outra vez. Engraçado é que todos viam o caminhão sair vazio. Eu mesmo cansei de ver caminhão entrar na obra com a caçamba cheia de material e sair vazio – explicou Pinheiro.

– E como você soube dessas coisas? – perguntou Ramuk.

– Rádio peão, boca-a-boca, meu caro. Mas, desta vez, há provas. Agora só falta descobrir para onde o caminhão leva o material roubado, sendo que o vemos sair vazio e quais os comparsas do que mandei embora.

– Você não exigiu que ele dissesse o nome dos outros, Israel? – continuou a questionar Valdemir Ramuk.

– Claro que sim! Mas ele não contou. Obviamente deve ter sido ameaçado, caso abrisse o bico – explicou Pinheiro.

– Nós havíamos combinado fazer uma nova reunião com o Juscelino, para falar sobre isso, mas acabamos deixando pra lá – lembrou Ramuk.

Nesse ponto, a conversa foi interrompida por um peão.

– Dá licença, doutor Israel? Tem duas crianças querendo falar com o doutor Ramuk.

Ao voltar-se, Valdemir Ramuk deu de cara com os sobrinhos, espreitando pela janela.

– Manuela?! Guilherme?! Aconteceu alguma coisa? – preocupou-se ele.

Os dois garotos entraram no barracão e cumprimentaram Israel Pinheiro.

– Aconteceram umas coisas, sim, tio Valdemir – adiantou-se Manuela.

– Várias coisas muuuuito suspeitas, tio – confirmou Guilherme.

Convidando os sobrinhos do assistente a sentar, Israel Pinheiro ouviu, com muito interesse, o que eles tinham a dizer.

Durante um bom tempo, os quatro trocaram ideias e informações a respeito de tantos mistérios que circundavam o Cerrado, apavoravam os candangos e atravancavam as obras daquela que seria a futura capital do Brasil.

Valdemir Ramuk pôs Pinheiro a par do roubo da fitinha que os sobrinhos haviam gravado, espreitando dois candangos. Manuela contou sobre a visita do sobrinho de Mazinha e do susto que ela havia levado apenas pela quebra da jarra. Guilherme discorreu sobre os dois caminhões de mesma chapa, que havia visto.

Ao ouvir aquilo, Israel Pinheiro animou-se.

– Então é isso, dois caminhões com a mesma chapa. O que entra cheio não é o mesmo que saiu vazio. Enquanto pensamos que o caminhão esvaziou e saiu, o cheio continua sendo apontado no caderno de pagamentos. Muito obrigado, meninos, vocês ajudaram muito.

O engenheiro Ramuk, visivelmente orgulhoso dos sobrinhos, pediu que eles repetissem para Pinheiro todo o conteúdo da conversa dos dois candangos, cuja gravação ele estava impossibilitado de mostrar.

Eram tantos os indícios, tantas as meadas que tinham que tecer e os nós que precisavam desatar, que Israel Pinheiro convidou Ramuk e os sobrinhos para almoçarem com ele, no refeitório dos candangos.

Em imensas pranchas de madeira sustentadas por cavaletes, os bancos se distribuíam. Em longas filas indianas, os construtores de Brasília aguardavam a vez de encher seus pratos. No meio de todos aqueles homens, os desonestos também estavam. Impossível, no entanto, era distingui-los.

"Para ser escritor tem que saber descobrir o que é mentira e verdade. Ficção ou realidade", voltou a recordar Manuela do dizer de Marici Menezes. Ela e Guilherme precisavam ficar de ouvidos atentos e coração aberto. Estava nas mãos deles o dever de defender Brasília que, no futuro, seria sua cidade natal.

RELACIONANDO AS PISTAS

O dia fora longo. A procura da fitinha ocupara a manhã, retardando a hora do almoço. A visita ao escritório, o almoço e a continuidade das conversas, que levaram Israel Pinheiro a pedir a ajuda de Manuela e Guilherme na busca de mais pistas, adentraram a tarde.

Mais uma observada ali, outra acolá, gravador e máquina digital em punho, os dois amigos viram o Sol se pôr, no Cerrado.

– Putz, nunca vi um Sol desses, Manu! Dá uma olhada, parece uma bola de fogo! – comentou Guilherme, preparando a digital.

– Para ser escritor tem que saber admirar o belo e se adaptar ao feio. Tem que saber viver na sombra até atingir o brilho – repetiu Manuela, fazendo o amigo se desconcentrar.

– Ai, lá vem você com as coisas que a Marici falou! Eu tava na boca de fotografar, agora perdi o ângulo – reclamou ele.

– Essa foto vai sair péssima, Gui. Não sabe que a gente tem que fotografar as coisas contra o Sol? Que tipo de fotógrafo você é?

– Espertinha, se deu mal. O Sol está se pondo, por isso posso fotografar de frente.

Manuela respirou fundo, abraçando o amigo.

Marici Menezes também havia dito que para ser escritor tinha que saber amar, pois não era possível transmitir para o leitor o que nunca sentimos. O que sentia por Guilherme era uma amizade e um respeito muito grandes. Será que amizade sincera pode virar amor, ou já é uma espécie de amor? A resposta Manuela não sabia, mas uma coisa era certa: ali, no passado, eram irmãos.

Ao chegarem na casa do tio, da porta puderam sentir o cheiro bom do tempero de Mazinha.

– Fico até com dó de desconfiar da Mazinha, Manu. Ela cozinha tão bem...

– O que é que tem a ver uma coisa com a outra, Gui? E também não sabemos se ela tá fazendo algo errado.

– Ainda... – completou Guilherme, já se dirigindo à cozinha para bisbilhotar o jantar.

Mazinha, com o bom humor de sempre, abraçou o garoto.

– Até que enfim vocês voltaram! Passearam muito, foi?

– Mais um pouco e conhecemos a nova capital todinha – brincou Manuela.

– Isso que é bom – disse a serviçal. – E o doutor Ramuk, vai demorar?

– Acho que não. Almoçamos juntos e ele disse que vinha cedo – comentou Guilherme.

– Doutor Israel tava junto no almoço? – quis saber Mazinha.

– Estava – respondeu Manuela.

– Não foi lá pras banda da Transbrasiliana, não?

– Acho que não. Por que, Mazinha? – perguntou a garota.

– Nada não, Manuzinha. É que, depois que doutor Sayão morreu, ele vive se embrenhando praqueles lados. Bom, mas por que cês não aproveitam pra tomar um banho, enquanto seu tio não chega? – sugeriu a serviçal, voltando aos quitutes.

Ressabiados, os dois amigos foram para o quarto.

– Estranho, muito estranho... – resmungou Guilherme.

– Também achei – concordou Manuela. – Por que será que a Mazinha queria saber se o doutor Israel tinha ido pra Belém--Brasília? Tá certo que deu uma desculpa, mas agora tudo que vem dela parece suspeito, coitada.

– Cê também, hein, garota?! Tem peninha da Mazinha – brincou o amigo. – Sinceramente, sabe o que a gente deve fazer?

Manuela balançou a cabeça, em negativa.

– Sentar com o Ramukão e listar todas as pistas que já temos.

– Concordo, Gui. Então vamos tomar banho rapidinho, daí fazemos a relação das pistas. Depois do jantar, chamamos o tio Ramuk pra cá e botamos tudo em pratos limpos.

– Fechado, Manolita – disse Guilherme, irritando a amiga.

– Já te disse que odeio quando você me chama de Manolita? E tem mais; essa história de chamar nosso tio de Ramukão vai acabar mal.

– Aaaai! Que garota chachechichata! Vê se toma banho logo que eu tô suado pra burro.

– Dá pra sentir – disse Manuela, num muxoxo, saindo para o banheiro.

O jantar estava divino. Mazinha havia caprichado. Feijão tropeiro, arroz, torresminho, ovos fritos e couve mineira fresquinha, chegada de Belo Horizonte, de avião, naquela tarde.

– Para ser escritor tem que se alimentar bem – disse Guilherme. – A Marici Menezes também disse isso, não disse, Manu?

Manuela quase engoliu o torresmo inteiro, ao ouvir aquilo. Estava sempre pensando que Valdemir Ramuk pudesse desconfiar de algo. Mas era Guilherme quem estava com a razão. Desconfiar de quê, se Ramuk os tinha como verdadeiros sobrinhos?

O engenheiro ignorou completamente o comentário do sobrinho e Guilherme repetiu a refeição.

– Tô empapuçado! – disse ele ao terminar, alisando o estômago.

Mazinha entrou para tirar os pratos.

– Vocês aceitam cafezinho?

– Tio Valdemir, queremos convidar o senhor para tomar o café no nosso quarto – disse Manuela, fazendo o tio sorrir.

– Quanta honra, querida! Posso saber o motivo?

– É que queremos mostrar as anotações que fizemos. Sabe que estamos anotando tudo que vemos por aqui, para contar para nossos amigos?

– Que ótimo! – disse o tio. – Então aceito. Mazinha – disse Ramuk, apoiando a mão no ombro da serviçal –, nem que Juscelino Kubitschek em pessoa apareça aqui você me chame, está bem? Diga que estou reunido com meus sobrinhos. – Então saiu da sala, abraçado aos dois, rumo ao quarto deles.

Ao entrar no aposento, a primeira coisa que Valdemir Ramuk fez foi fechar a janela. Pela expressão da sobrinha, ao convidá-lo ao quarto, desconfiava de que a conversa seria importante. Ali, nas obras da nova capital, tudo se sabia, tudo se ouvia. As construções eram muito precárias. Incrível era que, apesar de tudo isso, não se tinha ainda conseguido descobrir o paradeiro dos materiais roubados.

– Desculpem, queridos, mas as paredes têm ouvidos – disse o engenheiro.

– E a Mazinha também.

– Guilherme! – irritou-se Manuela.

O tio não se abalou e pediu que dissessem a que tinham ido para o quarto.

– Bom, tio Valdemir, o Guilherme e eu achamos que já era hora de relacionar tudo o que vimos e ouvimos, desde que estamos aqui. Assim vai ficar mais fácil descobrirmos alguma coisa – explicou a sobrinha.

– Muito bem, queridos.

– Antes de o senhor chegar, nós dois fizemos a relação – disse Guilherme. – O que queremos agora é que nos ajude a pensar sobre elas, pra ver se encontramos alguma saída conclusiva.

Valdemir Ramuk achou graça no modo circunspeto de Guilherme falar.

– Você assiste à série Perry Mason, Guilherminho?

Os dois amigos entreolharam-se interrogativamente.

– Nunca ouvi falar desse cara, tio! Essa série deve ser velha de matar.

– Guilherme! – gritou, de novo, Manuela. – Não se toca, não?

Ramuk estranhou a irritação da sobrinha, mas encerrou o assunto, pedindo para ver a relação de pistas. Manuela deu a ele duas folhas repletas de anotações:

RELAÇÃO DE PISTAS

1. **Zé (na lanchonete NovaCap)** - desvio de carga e Transbrasiliana amaldiçoada.

2. **Mazinha (logo que chegamos aqui)** - cuidado com os candangos; e doutor Sayão viu mais que o Curupira.

3. Conversa dos dois candangos (que gravamos depois de sairmos do Mercado da Alzirinha).

4. Na lanchonete NovaCap (depois de ter gravado a conversa dos candangos) - peões endinheirados.

5. A fitinha do gravador sumiu.

6. Conversa da Mazinha com o sobrinho Antenor.

7. Dois caminhões com a mesma chapa: um com carga outro sem, num intervalo de 5 minutos.

8. Doutor Pinheiro descobriu roubo de carga.

Ao término da leitura, Valdemir Ramuk cofiou, com ar apreensivo, o bigode negro.

– Excelente trabalho, queridos! Ainda há, porém, uma história que preciso lhes contar.

Brasília N
...nstrução está
...nelând...

3. Conversa
   depois de
4. Na lancha
   conversa do
5. A fitinha
6. Conversa
7. Dois caminh
   carga outro se
8. Doutor Pinhe

Perry Mason

A CLAREIRA DA FLORESTA

O Sol da manhã penetrou por entre as folhagens. O emaranhado de árvores parecia não ter fim e se estendia para todos os lados, onde o azul do céu aparecia entrecortado. As grossas raízes das árvores serpeavam pelo mato rasteiro como garras em busca da presa.

Bigorna, rosto escarlate e suor pegajoso, sacolejava o caminhão, na picada que haviam aberto na mata. Tinha sido um achado aquele lugar. Há tempos escondiam os frutos dos roubos ali e jamais alguém havia desconfiado.

— Tá resolvido: este é o último serviço desonesto que vou fazer!

Pensamentos confusos, Bigorna fazia um balanço da vida.

— Vim pra trabalhar na construção de Brasília e só. Daí me apareceu um "trabalhinho" daqui, outro dali, que me fizeram ganhar muito mais. Mas não tô aguentando; vivo com medo, não durmo direito. Nunca me meti em trabalho sujo antes, sô! Mas caí na conversa mole do Joilson. Mas agora tô resolvido: faço este serviço e sumo. Quando a poeira baixar, volto pra minha vida tranquila de candango.

Aos poucos, Bigorna foi divisando o Sol mais redondo, a luz mais nítida. A clareira aberta na mata se aproximava. Pouco depois, chegava.

Exausto, desceu do caminhão e derramou na cabeça boa parte da água que havia trazido num garrafão. O Cerrado era quente demais àquela hora da manhã. Seus olhos indolentes observaram a carroceria do caminhão. Metade estava lotada de material: sacos de cimento e de areia, tijolos, cabos de ferro, caibros, telhas. O resto do espaço seria usado para colocar o material que estava escondido dentro do barracão. Seria um trabalho insano para fazer sozinho. Mas tinha que executá-lo e depressa. Ainda precisava encontrar o Zé.

Um galpão bastante espaçoso, construído com a própria madeira da obra, era onde escondiam a muamba, na clareira.

Bigorna trabalhou durante um bom tempo, carregando o material e arranjando-o dentro do caminhão. Terminada a tarefa, pegou a sacola que a tia havia preparado para ele.

– Minha tia Mazinha é uma santa – pensou. – Mais que mãe. Assim que chegou em Brasília, acompanhando o doutor Valdemir, me chamou pra cá. Fui pro alojamento dos solteiros. Trabalhei muito, juntei dinheiro e construí minha casinha na

Cidade Livre. Tudo ia tão bem... Sou um burro xucro pra ter me metido com o Joilson – constatou.

Faminto, ele abriu a sacola. Só comida boa! Água de bica, doce de abóbora com coco. Em poucos minutos, tragou tudo. Quando foi enrolar os trapos para guardar na sacola, encontrou a fitinha. Será que aquela coisinha tão pequena tinha mesmo toda a conversa dele e do Joilson? Cada coisa moderna que ele nunca tinha visto! Mas a tia tinha ouvido o doutor Ramuk dizer que a conversa estava ali, então era verdade.

Quando procurara por Mazinha, tarde da noite, pedindo para que ela lhe fizesse um farnel, ela lhe contara sobre a tal conversa do doutor Ramuk com os sobrinhos. Falara sobre o gravador. Bigorna lhe disse que todo gravador tinha que ter uma fita dentro. Que ela desse um jeito de pegar. Deixasse o gravador para não levantar suspeitas.

Na manhã seguinte, quando voltou à casa do doutor Ramuk para pegar o farnel, lá estava a fitinha junto.

Bigorna ficara espantado com a esperteza de Mazinha em executar a tarefa. Coitada, tinha medo que alguém ouvisse e o prendesse. Queria protegê-lo, apesar de ele estar fazendo coisa errada.

– Amor de mãe é o que a tia tem por mim. Gosta de mim como sou. Perdoa – recordou Bigorna, comovido.

Ele tinha a fitinha com a conversa e Joilson nem sabia. Será que era melhor dar para ele? Não, decidiu. Joilson que se danasse. Estava ganhando para roubar carga, não para ser espião. Joilson não mandava nele, não era dono dele. Mirou bem o lugar onde duas árvores se encontravam e atirou a fitinha, que sumiu no meio do mato.

O caminhão estava cheio. No dia seguinte bem cedo, Zé viria ali buscá-lo para levar até o trem, que chegaria em Anápolis. Quanta ladroagem! Desconfiar, desconfiavam; falar, falavam; mas nunca haviam descoberto nada. Também, quem iria desconfiar que o mesmo trem que alimentava, na vinda, roubava na volta?

Cobrindo bem a carga com uma lona preta, Bigorna trancou o caminhão, preparando-se para voltar. A picada de terra era longa para se fazer a pé; ainda precisava ir apagando as marcas dos pneus. Entrou no barracão, pegou as galochas do Curupira e precipitou-se no caminho.

ALINHAVANDO OS FATOS

A curiosidade aguçada, Manuela e Guilherme pediram que o tio contasse logo a tal história que desconheciam.

Valdemir Ramuk pediu uns segundos e foi até seu quarto. Quando voltou, trazia um livro sobre a colonização do estado de Goiás, suas lendas e tradições. Abriu-o na página que falava sobre os índios Bororo. Mostrou a foto da aldeia, o modo de vida pacato deles, caça, pesca, danças e crendices. Os sobrinhos olharam interessados, mas uma pergunta assaltou-os, ao mesmo tempo.

– O que é que os índios Bororo têm a ver com o caso do desvio de material que estamos tentando descobrir, tio? – perguntou Manuela.

– Talvez tenham tudo, querida – disse Ramuk, fechando o livro. Então recordou a história de como aquele pavor pelo Curupira havia começado, alastrando-se até aqueles dias.

– É mesmo – concordou Guilherme. – O tal de Zé já havia contado pra gente. A Manuela e eu até achamos estranho os próprios índios não saberem sobre a lenda do Curupira.

– Eles sabiam, é claro, querido – disse Ramuk, com o carinho de sempre –, mas não daquela forma que o homem contou, que o Curupira seria capaz de matar.

Os dois amigos ficaram pensativos.

– O senhor acha que o tal peão que assustou os índios fez de propósito, para despistar os assaltos? – perguntou Guilherme.

– Não, não, meu filho. O peão goiano, pelo contrário, teve a intenção de tranquilizar os índios, preocupados que estavam com a devastação das matas e a derrubada das árvores. Mas o tiro saiu pela culatra.

Os dois amigos acharam de suma importância aquela revelação do tio, incluindo-a na relação das pistas.

– Mas acredito que deva ter alguém bem esperto por trás dessa tramoia toda – continuou Ramuk.

– O senhor desconfia de alguém? – perguntou Guilherme.

– Infelizmente, não, querido. Precisamos pensar juntos – finalizou o tio, abrindo novamente as folhas com as pistas. – Vamos alinhavar estes fatos que colocaram no papel?

Manuela tomou a palavra.

– Como já li, reli e tresli essas anotações, percebi que em vários momentos se fala das proximidades da Transbrasiliana.

– Como assim, Manuzinha? – perguntou o engenheiro.

– Quer ver, tio? Na pista que demos o número um, o Zé diz que é pra gente não ir pras bandas da estrada. Na pista dois, a Mazinha diz que o doutor Sayão viu mais que o Curupira. Se ele viu, foi lá perto da estrada, pois trabalhava nela, não é?

– Sim, sim. Continue, querida – pediu o tio.

– Bem, na verdade as outras pistas não falam mais nada a respeito, mas da última vez que encontramos o Zé, ele voltou a dizer que não era pra gente ir pra perto da estrada.

– E o que conclui disso, querida?

– Eu acho que o fato de todos quererem desviar a gente da Transbrasiliana quer dizer que talvez as coisas roubadas estejam escondidas por lá. Isso também explica o comentário da Mazinha sobre o doutor Sayão.

– Grande Manoli... Manuela! – exclamou Guilherme, corrigindo-se a tempo de não irritar de novo a amiga. – Tudo a ver. Tudo a ver mesmo, não acha, tio Ramuk?

O engenheiro deu um sorriso animado.

– Sabem que acredito sinceramente que estamos perto de encontrar as respostas? – Então virou a primeira página das pistas e anotou o que a sobrinha havia dito:

9. O esconderijo provavelmente fica perto das obras da Transbrasiliana.

– O que mais vocês têm a dizer? – perguntou Ramuk.

— Eu também saquei algumas coisas, tio – disse Guilherme.

— Sacou? É gíria nova, lá em Belo Horizonte, Guilherminho? – brincou o tio, que desconhecia o sentido do termo.

O garoto olhou para a amiga e disse um "foi mal". Então iniciou sua explicação.

— O que me chamou a atenção mesmo foi o tal sobrinho da Mazinha, que veio aqui.

Valdemir Ramuk suspirou fundo.

— Você suspeita mesmo da pobre Mazinha, não, filho?

— Não queria, tio, mas não dá pra negar que é esquisito. A fitinha some misteriosamente. Daí aparece o sujeito para pegar um pacote. No mínimo levanta suspeita, né?

— Olha, filho – disse o tio –, se a Mazinha é uma pessoa além de honesta, o Bigorna não é capaz de matar uma mosca.

— BIGORNA?! – gritaram os dois amigos, em uníssono, espantando o tio.

— Nossa, mas que espanto é esse?

— O nome do sobrinho da Mazinha não é Antenor? Pelo menos foi esse o nome que ouvimos ela dizer – perguntou Manuela.

Ramuk deu risada.

— Sim, o nome é Antenor, mas todos o conhecem por Bigorna. Ele tem esse apelido, pois é teimoso demais. A Mazinha, que o criou desde que a mãe dele morreu, conta que falar com Antenor é malhar em ferro frio. Daí o apelido de Bigorna.

— Taí! Agora a Mazinha é suspeita, mesmo! – agitou-se Guilherme.

– Por quê? – quis saber o tio.

– Quando ouvimos a conversa dos dois homens, que depois gravamos, um deles se chamava Joilson e o outro a gente não lembrava, não foi? – continuou o garoto.

– Foi.

– Pois o nome do outro era Bigorna. Agora, quando o senhor falou, lembramos – finalizou Guilherme.

Valdemir Ramuk cofiou novamente o bigode.

– Vocês têm certeza disso?

– Absoluta! – confirmou Manuela. – Isso também explica o fato de a Mazinha ter ficado tão nervosa com a quebra da jarra. Quando ela disse "Ai, meu Deus, se o doutor Ramuk souber!" não estava se referindo à jarra, e sim ao caso do sobrinho.

– É isso aí, garota! Bingo pra você! – exclamou Guilherme.

– Realmente a coisa é séria. Preciso conversar imediatamente com a Mazinha – disse Ramuk, já se levantando.

– Calma, tio Valdemir! A coitada não vai fazer nada a esta hora da noite senão dormir. Vamos continuar nossa conversa e alinhavar todos os fatos. Amanhã, com calma, o senhor fala com ela – pediu Manuela.

– Se é que ela sabe, querida – comentou o engenheiro, voltando a sentar-se. – Vou anotar esse segundo quesito.

10. Antenor, vulgo Bigorna e sobrinho de Mazinha, é um dos assaltantes envolvidos.

– Foi bom o senhor tocar no assunto dos assaltantes, tio. Por ora, sabemos que são três: o Joilson, o Bigorna e o tal de Zé – comentou Guilherme.

– Sim, deixe-me anotar isso também – disse Ramuk, já escrevendo.

– Esse tal Zé vocês não têm a menor ideia de quem seja, não é?

– Infelizmente não, tio. Conhecemos um Zé, logo que chegamos, na lanchonete NovaCap. Será que é o mesmo? – lembrou Manuela.

– Ah, minha filha! Há milhares de Zés trabalhando nas obras. Seria impossível sabermos a qual os assaltantes se referiam.

Um silêncio se abateu no quarto, até que Guilherme interrompeu:

– Gente, não é querer ser chato, mas temos que correr contra o tempo. Lembram que na conversa gravada o Joilson disse que um trem chegaria em Anápolis, daí a dois dias? Pois é amanhã.

Valdemir Ramuk franziu o sobrolho, intrigado.

– Uai! Trem? Chegando amanhã? Em Anápolis? Que eu saiba, esta semana não vai chegar mais nenhum trem com material de construção. O que tinha que vir, chegou ontem. Agora, só na próxima semana.

– Mas a gente ouviu tio! O Joilson disse dois dias, não foi, Manu?

– Foi.

– Calma, queridos, que vou averiguar isso direitinho – disse Ramuk, já anotando a informação sobre o tal trem. – De qualquer forma, precisamos agir rapidamente – continuou ele. – Já temos vários subsídios para a conclusão final.

Manuela e Guilherme piscaram um para o outro. Estavam felizes. Afinal, a maior parte daquela investigação tinha sido feita por eles.

– Agora, sugiro uma boa noite de sono – disse o tio, guardando os papéis no bolso. – Nada como a cabeça fria para discernir melhor. Amanhã cedo converso com a Mazinha e checo o caso do trem.

– E nós vamos atrás de descobrir o tal Zé, pois o Bigorna e o Joilson a gente conhece – propôs Guilherme.

– Ótimo! – concordou Ramuk, beijando os sobrinhos e saindo do quarto.

– Esquecemos de uma coisa, Gui – lembrou Manuela.

– Do quê?

– Ainda não fazemos a mínima ideia do lugar onde os ladrões esconderm o fruto do roubo, que vão despachar no trem.

– Putz! É mesmo – concordou Guilherme, olhando para a meia, que acabara de tirar. – Eu também acabei de me lembrar de outra coisa.

– Do quê?

– Não tenho cueca nem meia pra trocar – disse ele, caindo na risada, contagiando a amiga.

Que queriam ajudar a desvendar o mistério dos roubos da nova capital, não tinham a menor dúvida. Mas também precisavam dar um jeito de voltar para o futuro. De alguma maneira, alguém também havia roubado suas vidas.

BEM LONGE DALI

A capital goiana amanheceu ensolarada. Em relação a Brasília, que apenas nascia, Goiânia era uma próspera cidade. Seus casarões antigos contrastavam com pequenos edifícios, que pipocavam, aqui e ali.

Em um deles, num moderno escritório da empresa Vidal & Cantareira Comércio de Alimentos, um homem conversava ao telefone.

– Escute, Vidal, não vá meter os pés pelas mãos, hein?! Fique de olho vivo nesses candangos – dizia para o sócio, que estava em Brasília.

– Não se preocupe, Cantareira. Soube, de fonte segura, que um tal Zé estará na estação de Anápolis quando o trem chegar. O caminhão com o material da obra estará escondido em algum lugar – respondia o outro.

– Mas esse Zé é de total confiança? Não vai ele abrir a boca e ficar se exibindo por aí, contando que vai ganhar dinheiro? – tornou a falar o Cantareira, direto de Goiânia.

– O Joilson disse que não temos com que nos preocupar. Está tudo acertado. Assim que descarregarem as caixas com os alimentos dos candangos, o caminhão com a muamba se aproxima. Então descarregam o material. O maquinista do trem também é um dos nossos, não vai falhar nem dar com a língua nos dentes – respondeu Vidal, de Brasília. – Desta vez, vai um vagão cheio de material de construção.

– Muito bem – confirmou Cantareira. – Isso é para o Juscelino e o Pinheiro aprenderem. Chamaram a comida da Vidal & Cantareira de rala, diminuíram o preço pago pela alimentação, ameaçaram mudar de fornecedor. Tivemos que engolir em seco. Eles que se danem! – exaltou-se o homem.

– Fica frio, Cantareira, daqui a pouco viajo pra Anápolis. Assim que o trem partir de volta pra Goiânia, ligo pra você – disse Vidal, desligando o telefone.

Cantareira acendeu um charuto cubano e colocou os pés sobre a mesa do escritório.

– Juscelino vai ver com quantos paus se faz uma canoa – resmungou, com um riso sardônico estampado no rosto.

A nova capital também amanhecera ensolarada. Manuela e Guilherme haviam acordado com o burburinho das vozes do tio conversando com Mazinha. Seria uma conversa definitiva em relação ao caso do Bigorna, tinha dito Ramuk.

Pé ante pé, os dois grudaram os ouvidos na porta do quarto, mas só puderam ouvir o choro da empregada, depois a batida da porta de entrada.

– A coisa ficou feia lá na cozinha – comentou Guilherme.

– Será que o tio Valdemir saiu sem tomar café? – perguntou Manuela.

– Sei lá, Manu! Com tanta confusão rolando, o coitado vai pensar em café?

Pouco tempo depois, os dois juntaram-se à Mazinha que, debruçada sobre a mesa, ainda choramingava.

Manuela abraçou-a.

– Não chora, Mazinha. É dever do tio Valdemir descobrir tudo sobre esses roubos que estão acontecendo. Afinal, ele é o homem de confiança do doutor Israel.

– Que é o homem de confiança do presidente Juscelino – completou Guilherme.

Aí foi que Mazinha chorou mais alto.

– E eu não sei disso tudo, uai? Olha, meninos, nunca, mas nunca mesmo que eu queria fazer mal pro doutor Ramuk. Só que o Antenor é que nem se fosse filho meu. É amor de mãe o que eu tenho por aquele danado.

– Mas ele agiu errado, Mazinha, e você não devia ter ajudado, não devia ter encoberto o erro dele – comentou Guilherme. – Sabia que se alguém pegar ele roubando pode até matar o Bigorna?

– Guilherme! – gritou Manuela, com pena de Mazinha, que já soluçava. – Calma, calma, Mazinha, não vai acontecer isso. Mas que o Bigorna vai ter que pagar pelo que fez, vai.

— Quando meu menino apareceu aqui de camisa nova, corrente grossa no pescoço, perguntei quem tinha dado o dinheiro — começou a explicar Mazinha. — Antenor tava indo tão bem, guardando um dinheirinho pra aumentar a casa. Ele me disse que era um servicinho extra que tinha arrumado.

— Daí você desconfiou, Mazinha? — perguntou Guilherme.

— Foi, Guilherminho. Peguei o Antenor de jeito e ele, que nunca teve segredo pra mim, contou. Jurou que era só daquela vez. Que eu ficasse quieta, não contasse pro doutor Ramuk — continuou a boa mulher, enxugando os olhos no avental. — Foi quando vocês vieram com a história da tal fita gravada. Fiquei desesperada. Se alguém ouvisse, ia prender meu Antenor. Daí, de madrugada, entrei no quarto do doutor Ramuk e peguei a fita, que nem o Antenor me disse pra fazer. Mas devia saber que ia acabar mal. O que é errado, mais hora, menos hora, acaba mal, não é mesmo? — encerrou Mazinha, levantando-se para servir o café da manhã aos sobrinhos de Ramuk.

— Onde o Bigorna está agora, Mazinha? — perguntou Guilherme.

— Não sei não, meu filho. Depois que ele pegou o farnel, não sei de mais nada.

— E o tio Valdemir? Deixou algum recado pra nós? — quis saber Manuela.

— Disse que era pra esperar aqui, que ele voltava com novidade — respondeu a serviçal, colocando na mesa duas canecas de café com leite e bolo de milho.

— Mas a gente tinha ficado de tentar descobrir o tal Zé, não foi, Manu? — lembrou Guilherme.

— Eu disse pro doutor Ramuk que o parceiro do meu sobrinho era um tal de Joilson. Sei que é sujeito que tá sempre metido com encrenca – disse Mazinha.

— O Joilson e o Bigorna nós conhecemos, Mazinha – disse Guilherme. – Mas há um terceiro homem, um tal de Zé. Você conhece ele?

— Ai, Guilherminho, se você subir num caminhão e gritar Zé, metade dos candangos dessa Brasília vai aparecer. Você não sabe se tem outro nome? É Zé de quê?

Mas ninguém sabia outro nome. Na conversa, Joilson só havia dito Zé.

Os dois amigos tomaram rapidamente seu desjejum e avisaram Mazinha que precisavam sair. Se o tio deles os procurasse, dissesse que passariam no escritório, mais tarde.

Aquele era o terceiro dia que estavam ali e Brasília já parecia diferente. Era incrível a agilidade com que os candangos trabalhavam, cavavam, perfuravam, fincavam estacas, subiam lajes, construíam paredes.

Andando a passos rápidos pelas ruas largas daquela cidade, Manuela e Guilherme rumaram para o Bar e Lanches NovaCap. Quem sabe o Zé, que haviam conhecido lá, era o último homem do bando que lhes restava encontrar.

PARTINDO PARA O ATAQUE

Lena abria a lanchonete quando os dois amigos chegaram.

– Bom dia, Lena! – cumprimentou Manuela.

– Olá, meninos! Mas o que fez vocês aparecerem por aqui tão cedo? Querem tomar café com leite?

– Não, Lena, obrigado – respondeu Guilherme. – O que nós queremos mesmo é saber se você tem o endereço do Zé, ou se sabe o sobrenome dele.

A comerciante espantou-se com a pergunta.

– Qual Zé? Aquele que vive enchendo a cara e a paciência dos outros?

– Sei lá se ele enche a cara! – comentou Guilherme – É aquele Zé que sempre está por aqui.

– Pois é daquele mesmo que tô falando – continuou Lena.

Os dois amigos se animaram.

– Sabe dizer como fazemos pra encontrar com ele, Lena? – perguntou Manuela.

Mas a mulher balançou a cabeça em negativa.

– Não sei não, meninos. Ele tá sempre por aqui, mas não sei dizer onde ele mora, nem outro nome, não. Quem que quer saber? É o tio de vocês?

– Não, Lena, a gente é que estava curioso pra saber se ele tinha mais alguma história do Curupira pra contar – disse Manuela.

Lena parecia boa pessoa, mas eles, na verdade, não a conheciam muito bem. Manuela achou melhor não comentar o verdadeiro motivo. Guilherme captou a preocupação da amiga.

Agradecendo e seguindo caminho, o destino dos dois era o barracão-escritório de Israel Pinheiro.

– Que droga, viu! – resmungou Guilherme. – Tava certo de que a Lena sabia alguma coisa sobre o tal Zé.

– Eu também – concordou Manuela.

– Acho que antes de ir pro escritório encontrar o Ramukão a gente devia dar um giro por aí, atrás do Zé – propôs Guilherme.

– Já eu acho que devemos fazer o que foi combinado – contradisse Manuela. – Tá esquecendo que o tal trem, que o Bigorna e o Joilson estão esperando, chega hoje? Se o tio Valdemir conseguiu descobrir que trem é esse, o Zé vai ser preso, daí vamos saber quem ele é.

– Grande Manolita!

– Opa! – esbravejou ela.

– Digo, senhorita Manuela – corrigiu-se o amigo, rumando com ela para o escritório.

Lá chegando, já do lado de fora, puderam observar a movimentação do motorista preparando o jipe.

– Olá, garotos! – cumprimentou Israel Pinheiro, entrando na condução. – Depois nos falamos – disse, quando o jipe partia.

Manuela e Guilherme entraram no escritório, onde o tio parecia satisfeito.

– Oi, tio! – cumprimentou Guilherme. – E aí? Parece que as investigações vão indo bem...

Valdemir Ramuk veio ao encontro deles.

– Queridos, bom dia! Como devem ter percebido, eu falei com a Mazinha e ela confirmou tudo a respeito da participação do Bigorna no desvio de materiais da obra.

– Sim, tio, a gente também conversou com ela. Deu até dó – recordou Manuela.

Ramuk cofiou o bigode, que crescera mais um pouco.

– O tempo ajuda a fechar as cicatrizes, querida – disse. – Na verdade a Mazinha também teve culpa, pois acobertar coisa errada também é errado. Mas por ela ser quem é, vou relevar o fato – explicou o engenheiro. – Já com respeito ao trem que, sei, vocês estão querendo ter notícias, como havia dito, não vem trem de material de construção hoje. O que chega em Anápolis é o que traz as caixas de alimentos dos candangos. A empresa Vidal & Cantareira foi que ganhou a licitação para o fornecimento dos alimentos. Uma vez por semana vem um trem trazendo tudo.

– Mas o que a empresa de alimentos tem a ver com o roubo de material, tio? – perguntou Guilherme.

– Isso é uma pergunta que, se vocês não tivessem ouvido aquela conversa dos dois candangos, nós jamais nos faríamos, querido. O fato é que essa Vidal & Cantareira já nos deu inúmeros problemas: a qualidade péssima da comida, o preço que vive subindo, a quantidade que vive diminuindo... O Juscelino já havia resolvido desfazer o contrato com a empresa e arranjar outra, porém eles vieram conversar, comprometeram-se a resolver todas as pendências etc. Mas, definitivamente, não cumpriram com a promessa.

– O senhor acha que essa empresa seria capaz de roubar material, tio? – quis saber Guilherme.

– Olha, meu filho, quem não tem escrúpulos para diminuir a qualidade da comida de gente que trabalha de sol a sol, só para faturar mais, é capaz de qualquer coisa – explicou Ramuk, já pegando seu chapéu. – O Israel foi para Anápolis com mais um monte de candangos. Lá, vão se encontrar com a polícia. Com certeza descobrirão a verdade.

– E o senhor, aonde vai agora? – perguntou Manuela.

– Vou sair por aí procurando o Bigorna e o tal de Joilson. Para isso conto com a companhia de vocês, que viram o segundo homem.

Era só o que os dois amigos queriam ouvir do tio, ansiosos que estavam para participar do desfecho daquele intrincado caso.

Ramuk, então, abriu o enorme arquivo de aço que havia na sala, retirando dois grossos fichários que continham os registros dos trabalhadores cujos nomes começavam com a letra jota. Deu-os aos sobrinhos, pedindo-lhes que relacionassem todos os Joilsons, se é que havia mais de um, anotando seus endereços.

A sorte estava do lado deles. Passado um tempo, constataram que candango chamado Joilson só havia um. Felizes, os dois amigos anotaram o endereço. Ele morava na Cidade Livre, onde também vivia o Bigorna.

Ramuk apressou-se em guardar os fichários. Depois saiu com os sobrinhos.

Um grupo de candangos os esperava na porta do barracão-escritório. Valdemir Ramuk havia pedido que viessem para ajudar a ele e aos sobrinhos naquela empreitada. Bigorna o engenheiro conhecia, não era de briga. Mas na iminência de ser preso, não se sabe do que uma pessoa é capaz. Sobre Joilson, sabiam que era o mandante. Dessa forma, provavelmente andasse armado.

Assim reunido, o grupo seguiu para Cidade Livre. Pouco tempo depois, avistaram o casario de madeira, que compunha aquele espaço da cidade de Brasília.

– Puxa vida, tio! – exclamou Manuela – Depois que Brasília for inaugurada, essas casas vão ser doadas aos candangos que as construíram?

– Os candangos vão, com certeza, receber pequenos terrenos para construírem suas casas e tocarem suas vidas em Brasília, se desejarem, mas não essas. Quando a capital for inaugurada, a Cidade Livre vai deixar de existir – explicou Ramuk.

– Vai nada! – retrucou Guilherme. – Só vai mudar de nome.

– Guilherme!! – berrou Manuela; mas ele continuou.

– Vai virar o Núcleo Bandeirante e, pode crer, tio Ramuk, vai ter uma estação ferroviária chamada Bernardo Sayão.

– Gui –lher –me! Será possível?! – tornou a gritar a amiga.

Valdemir Ramuk parou de andar.

– Olhe, Guilherminho, assim que resolvermos todos esses problemas que afligem Brasília, vou anotar todas essas suas ideias futuristas. Quem sabe possamos aproveitá-las – disse o engenheiro, apertando o passo e abraçando o sobrinho. – Não sei de onde você tira tanta criatividade.

A captura de Joilson e Bigorna não podia ter sido mais fácil. A poucos passos do barraco onde vivia o primeiro, em um pequeno bar, os dois comparsas conversavam.

– Agora, o Zé já deve estar com o caminhão escondido perto da estação – disse Joilson. – Eu não tinha dito pra tu sumir do mapa?

Bigorna deu uma última dentada no sanduíche.

– Só vou levar isto aqui – e mostrou a trouxa. – O resto fica. Não careço de mais nada. Daqui a pouco, tô voltando.

Dito isso, Bigorna fez menção de sair do bar. Total malogro. Os homens comandados por Valdemir Ramuk renderam-no.

À vista disso, Joilson tentou fugir pela porta de trás, no que foi reconhecido por Manuela e Guilherme, sendo também rendido.

Devidamente entregues à polícia goiana que dava plantão em Brasília, em vão tentou-se tirar dos dois comparsas o nome completo do tal Zé. Só restava mesmo que o grupo que acompanhara Israel Pinheiro, juntamente com a polícia de Anápolis, conseguisse apreender o caminhão e seu motorista.

A manhã passara num átimo. Mazinha aguardava o patrão e seus sobrinhos para o almoço. Manuela e Guilherme não tiveram coragem de encarar a boa mulher, de tanta pena. Sabiam o quanto ela sofreria ao saber que seu querido Antenor havia sido preso.

Mas Valdemir Ramuk era homem compreensivo e amoroso. Chamou Mazinha de lado e explicou tudo. Disse que, infelizmente, Bigorna não poderia mais trabalhar em Brasília como candango. Teria que responder a um processo por roubo e formação de quadrilha. Era réu primário, no entanto. Provavelmente sua pena seria leve. Encerrou a conversa tranquilizando Mazinha. Disse ter certeza de que Bigorna havia aprendido a lição. Que quando ele saísse da cadeia, tornaria a ajudá-lo a recomeçar sua vida.

O delicioso almoço de Mazinha compensou aqueles momentos de apreensão que haviam passado. Quando terminavam a refeição, um candango veio bater à porta. Trazia notícias de Israel Pinheiro.

– O doutor Pinheiro mandou avisar que acharam o caminhão com o material roubado.

Ramuk abriu um sorriso, agradeceu ao candango e, imediatamente, telefonou para Israel Pinheiro.

Enquanto o tio conversava, os sobrinhos torciam as mãos de curiosidade.

– Bem feito! É pra deixarem de ser bestas.

– Guilherme! – repreendeu-o a amiga.

Valdemir Ramuk fez sinal de silêncio para eles.

– Eu não posso acreditar que eles inventaram tudo isso, Israel – disse Ramuk, cofiando o bigode.

Finalmente, desligou o telefone.

– E aí, tio? O que foi que aconteceu? Como descobriram o caminhão? Já prenderam os cretinos?

– Calma, Guilherminho, que vou contar tudo. Como já vínhamos desconfiando, os sócios da Vidal & Cantareira são mesmo os mandantes. Usavam o mesmo caminhão que entregava a alimentação dos peões para roubar carga.

– E eram dois caminhões mesmo? – quis saber a sobrinha.

– Exato. Enquanto um caminhão descarregava as refeições e todo mundo o via sair vazio do depósito, outro com a mesma chapa era carregado de material de construção.

– E a história do Curupira, tio? – perguntou Guilherme.

— Os dois sócios são espertos, filho. Aproveitaram que a história do Curupira já estava amedrontando os candangos e só fizeram reforçar. Desse modo, desviavam a atenção sobre os roubos.

— E agora, tio? Rola o quê?

— Como, querido? — perguntou Ramuk, sem entender a gíria do sobrinho.

Manuela interveio:

— O que vai acontecer agora, tio?

— Bem, o Israel já deu a notícia ao presidente Juscelino, que tomará as providências cabíveis — encerrou Valdemir Ramuk, abrindo um sorriso. — Não fosse a tristeza da Mazinha, eu diria que tudo acabou bem.

— Mas... — disse Guilherme, achando que faltava ainda muita coisa para a solução do caso. — Como assim acabou tudo bem, tio? O doutor Pinheiro não falou nada do terceiro homem? O Zé?

Ramuk franziu o sobrolho.

— Realmente, filho! Nem prestei atenção nisso.

— Guilherme! — berrou Manuela, espantando o amigo.

— O que foi agora, pombas? Não disse nenhuma besteira...

— Claro que não! É que eu lembrei que você tirou uma foto daquele Zé, na lanchonete da Lena.

Os olhos do amigo brilharam.

— Caramba, Manu! Como fui me esquecer?

O tio quis se inteirar do assunto.

– Você tirou uma foto do homem, Guilherminho?

– Bem, eu tirei uma foto de um Zé, que a gente conheceu na Lanchonete NovaCap, mas não sei se é o Zé que procuramos – explicou ele.

– Posso ver a foto? – pediu Ramuk.

Os dois amigos entreolharam-se interrogativamente. Teriam que arranjar uma boa desculpa para explicar aquela máquina fotográfica digital. Mas era preciso.

– Tá aqui, ó, tio – disse Guilherme, mostrando a foto na máquina.

Quando os dois amigos pensaram que o engenheiro fosse ficar boquiaberto, ele apenas comentou:

– Foi a amiga da minha irmã que trouxe também esta máquina, do Japão?

– Sssssim... – titubeou Manuela.

– Sensacional! Muito mais arrojada que o mini-gravador. Esses japoneses... Depois, quero que me expliquem como funciona essa coisa maravilhosa – dito isso, foi pegando o chapéu e saindo porta afora. – Quem quiser, que me siga – brincou.

O anoitecer baixou, mais uma vez, no Cerrado.

Pela foto tirada por Guilherme, a polícia havia chegado até o barracão onde vivia o Zé. Pouco depois, ele retornava de Anápolis, de onde havia fugido. Viera buscar suas coisas. Depois, iria embora de Brasília. Com o dinheiro que juntara, voltaria para sua terra. Reconhecido pela polícia, àquela hora da noite dormia atrás das grades, junto com seus comparsas. No dia seguinte, o trio seguiria para Belo Horizonte, onde seria julgado.

Não houvera crime nenhum. A morte do engenheiro Bernardo Sayão tinha sido mesmo um acidente. Os bandidos, por ordem de Vidal & Cantareira, haviam espalhado a suspeita de crime do Curupira para assustar os candangos.

Joilson, Bigorna, Zé e os outros envolvidos responderiam por roubo e formação de quadrilha.

Manuela, Guilherme e Valdemir Ramuk silenciaram felizes, cientes do dever cumprido.

ALMOÇO COM O PRESIDENTE DA REPÚBLICA

Era bem cedo quando bateram à porta da casa de Ramuk. Ele apenas se sentara para tomar o café da manhã. Mazinha foi atender e veio com o recado:

– O doutor Israel manda convidar o senhor mais os meninos pra um almoço com o presidente Juscelino, no barracão. Vão comemorar a prisão dos bandidos – disse, saindo de cabeça baixa.

Naquele exato momento, Guilherme e Manuela chegaram à sala, juntando-se ao tio.

– Ouviram isso, queridos? Hoje, vai haver almoço comemorativo, até o presidente vem! – exclamou o engenheiro, animado.

– É pra gente ir, tio Valdemir? – perguntou Manuela.

– Mas é claro, Manuzinha! A ajuda de vocês foi preponderante na solução dos problemas.

– Legal, tio! A gente vai, é claro! Mas antes queríamos ir a outro lugar – comentou Guilherme.

– Sim. E que lugar é esse?

– À Transbrasiliana. Queremos tentar descobrir o tal esconderijo dos bandidos.

Ninguém mais havia lembrado daquilo. No entanto, era importantíssimo que se descobrisse, pois evitaria que alguém, mais adiante, tentasse usar novamente o local para operações ilícitas.

Convencido, Ramuk fez questão de acompanhar os sobrinhos.

Duas horas mais tarde, os três haviam percorrido vários caminhos e encontrado uma infinidade de pegadas. Uma, em especial, chamou sua atenção. Segundo comentaram os candangos que construíam a Belém-Brasília, levava a uma pequena clareira. O interessante, no entanto, é que as pegadas vistas ali levavam para o outro lado da suposta clareira.

Valdemir Ramuk cofiou o bigode.

– Interessante... Dá-me a impressão de que essas pegadas estão na marcha a ré – brincou.

– Marcha a ré?! – exclamou Manuela. – É isso! Só pode ser isso, tio!

– Isso o quê, garota? – perguntou Guilherme, curioso.

– O Curupira, ué! Não diziam que o Curupira estava amaldiçoando tudo por aqui? O Curupira não tem os pés pra trás? Se as pegadas vão para a direita, vamos seguir para a esquerda.

Assim fizeram os três, seguidos, a pedido de Ramuk, por alguns candangos. A tese de Manuela estava correta. Não tardou muito, encontraram o barracão que por muito tempo havia abrigado os frutos roubados.

– Será que as pessoas que vinham aqui tinham o trabalho de ir embora de costas, tio?– perguntou Guilherme.

– Isso só os ladrões poderão explicar, filho – disse o engenheiro. – O que sei é que certamente vamos derrubar esse barracão e reutilizar o material nas obras da Transbrasiliana.

No caminho de volta, os dois amigos iam pensando no almoço.

– O que será que vai ter de comida, hein, tio? – quis saber Guilherme, como sempre, esfaimado.

O tio deu um largo sorriso.

– Não sei, Guilherminho, mas com certeza será bem gostoso. Se até o Juscelino vem! – lembrou.

– Garanto que a comida não vai ser mais gostosa que a da Mazinha – resmungou Manuela, ganhando um beijo do tio.

– Tudo passa, querida. A tristeza da Mazinha também vai passar.

O barracão-refeitório estava em festa. Haviam juntado muitos cavaletes, que sustentavam várias pranchas de madeira, transformando-as numa enorme mesa. As toalhas quadriculadas e os pratos brancos davam um toque rústico. Ao centro, cadeiras de espaldar alto receberiam o presidente

Juscelino Kubitschek, Israel Pinheiro, Oscar Niemeyer, Lúcio Costa, Valdemir Ramuk, Manuela e Guilherme. Ao redor, os longos bancos de madeira serviriam de assento aos candangos.

O presidente havia chegado para, junto a seus assistentes, resolver a contratação de uma nova empresa fornecedora de alimentos, em lugar da desonesta Vidal & Cantareira.

Todos acomodados ao redor da mesa, as cozinheiras começaram a colocar as travessas. As guloseimas de Minas Gerais, onde também nascera o presidente Juscelino, foram surgindo, uma a uma, deliciando o olhar e saciando o apetite de todos. Candangos e dirigentes todos reunidos numa mesma festa.

Antes da refeição, Juscelino pediu a palavra.

– Deste planalto central, desta solidão que em breve se transformará em cérebro das grandes decisões nacionais, eu lanço mais uma vez o olhar sobre o amanhã do meu país, e antevejo essa alvorada com fé inquebrantável e uma confiança sem limites no seu grande destino – discursou. – Gente honesta e desonesta sempre cruzará os caminhos; cabe a nós identificá-las. Agradeço, neste momento, a inegável colaboração dos adolescentes Manuela e Guilherme, sobrinhos do nosso estimado Valdemir Ramuk, na resolução do caso que tanto assustou o povo e atrasou os trabalhos de construção da nossa futura capital – encerrou o "presidente bossa nova", como era carinhosamente chamado.

Então foi a vez de Israel Pinheiro pedir a palavra.

– Endosso todas as palavras do presidente e aviso que, após o almoço, sortearemos um brinde.

Uma agitação tomou conta de todos.

– Vamos sortear as galochas do Curupira – continuou ele, mostrando o par de botas de borracha, atreladas a duas taquaras, usadas para imitar os pés do Curupira. Os presentes, que já se haviam inteirado daquela história, deram boas risadas.

Como não podia deixar de ser, Valdemir Ramuk também quis dizer umas palavras.

– Em poucos dias, foram muitas as surpresas. A começar por meus sobrinhos que apareceram em minha casa, como anjos caídos do céu. Depois, a resolução dos entraves que, há tempos, perturbavam o povo e as obras de Brasília. Por essas e outras, proponho um brinde a vocês, trabalhadores incansáveis – disse, apontando para os candangos. – A Brasília – apontando para o presidente Juscelino – e, é claro, a meus sobrinhos, Manuela e Guilherme.

Quando todos pensaram que o brinde seria com refrescos, as mulheres que haviam servido o almoço apareceram com garrafas de cidra. Era uma surpresa que o presidente Juscelino preparara. Compenetrado, ele mesmo fez questão de abrir a primeira garrafa.

Distraídos em conversas, Manuela e Guilherme fecharam os olhos, ao espocar da rolha, que bateu no teto do barracão.

– Viva! Viva! Vi...va...vi...

Guilherme foi diminuindo a voz e, ao abrir os olhos, não pode crer no que viu à sua frente.

Tomando o último gole de suco de pequi, a escritora Marici Menezes fazia os derradeiros comentários sobre seu novo livro e a arte de escrever.

– É isso, queridos. O que será mais importante: ler ou escrever? Escrever é a minha vida. Amo a minha profissão! Mas sem a leitura jamais teria desenvolvido minha imaginação e, consequentemente, não teria me transformado em escritora.

A empolgação voltou a tomar conta da entrevistada.

– Eu tinha cinco anos de idade quando descobri que podia ler. Havia visto infinitas vezes as palavras por baixo das ilustrações dos livros, mas sempre alguém as lia para mim. Assim mesmo, tentava imaginar as cenas contadas.

Os dois amigos entrevistadores ouviam, encantados, as palavras da escritora.

– Um dia, da janela do ônibus, vi um cartaz com um coração desenhado e uma palavra escrita ao lado dele; que anunciava o dia das mães. A visão só durou o tempo que o ônibus passou pelo cartaz. Mas meus olhos maravilhados não precisaram de mais tempo. Descobriram tudo. Descobriram que a palavra escrita no cartaz era a mesma que eu vira em um dos livros de história que minha mãe me contara. E eu, com ela ali ao meu lado, no banco do ônibus, li sozinha a palavra amor.

– Que lindo, Marici! – disse Manuela, emocionada.

— Naquele momento, meus queridos — continuou a escritora —, eu e as palavras nos unimos para sempre. Não precisei que mais ninguém lesse para mim. Eu me transformara na Super Poderosa. Eu podia ler. Daquele dia para cá, foram tantos livros, tantas histórias, tantos mundos descobertos em cada livro... Ah! Como é bom ler!

— E descobrir a leitura pela palavra amor é melhor ainda, não, Marici? — comentou Guilherme.

— Sem dúvida, sem dúvida. Do ler, aprendi a escrever. Meus professores foram Machado de Assis, José de Alencar, Monteiro Lobato e tantos outros cujas páginas devorei. Fora os escritores estrangeiros como Gustave Flaubert, Edgar Allan Poe, Leon Tolstói, Victor Hugo... Ai, quando me pego recordando os livros que li, sou capaz de levar horas.

Manuela e Guilherme, apesar de embevecidos com a empolgação da escritora sobre a importância da leitura, ainda ansiavam por saber o que, efetivamente, havia acontecido com eles, o que fora aquela volta ao passado. E, como que captando a sua aflição, Marici voltou a falar:

— Escrever, por vezes, é tomar emprestado as vidas, as experiências e os sentimentos das pessoas que conhecemos, transformando-as em personagens de uma história. Foi isso que fiz com vocês dois.

Estupefatos, Manuela e Guilherme ouviram.

— Quando cheguei aqui, ainda não tinha desenvolvido totalmente os personagens do meu novo livro. Olhando vocês dois, concluí que eram exatamente quem eu procurava. Ao longo da nossa conversa, inseri vocês na trama, criei situações, conflitos e soluções. E, olhe... Vocês se saíram muito bem – completou ela, abrindo a bolsa e tirando o batom.

Aos poucos, os dois amigos tentavam entender o que se passara.

– Marici... – disse Manuela.

– Sim, querida.

– Qual o assunto do seu novo livro mesmo?

– Ah, ele vai contar sobre a fundação da nossa querida Brasília – respondeu a escritora, guardando o batom, depois de ter retocado os lábios. – Vai ser uma aventura e tanto. Ainda mais com vocês dois como personagens.

– Quer dizer que... então foi... ou não foi? – resmungou confuso Guilherme.

Marici ajeitou os cabelos crespos, levantando da mesa.

– Faço questão de pagar a conta – disse ela.

– De jeito nenhum! – exclamou Manuela, parecendo refazer-se de toda aquela espantosa aventura. – Você foi nossa convidada.

– Bem, então eu agradeço e faço questão de mandar um volume do meu livro novo para cada um de vocês. Afinal, fazem parte da história – disse, num sorriso, a simpática escritora. – Adeusinho, queridos.

Beijando os dois, Marici Menezes saiu da lanchonete, deixando um rastro de perfume e dúvidas.

Manuela e Guilherme pagaram a conta e também saíram. No caminho do ponto do ônibus, as dúvidas começaram a vir à tona.

– Quer dizer que nada daquilo aconteceu? – indagou Guilherme. – O Ramukão, o Bigorna, a comida da Mazinha, o Juscelino ali, cara a cara com a gente... Foi tudo coisa da cabeça da Marici?

– Da dela e da nossa, que captamos tudo, né, Gui? É inacreditável, mas foi o que aconteceu. O mais incrível é que a gente ficou na antiga Brasília quase quatro dias, no entanto deve ter se passado só alguns minutos, aqui, na entrevista com a Marici.

– Não, não, não, não! Não dá pra acreditar! É muita loucura para minha cabeça – repetiu Guilherme, chacoalhando os cabelos lisos. – E as fotos que tirei? Elas são a prova de que tudo aconteceu mesmo.

Manuela titubeou.

– É verdade, Gui! Tinha esquecido. Cadê a máquina?

Rapidamente, o amigo tirou a digital da mochila.

– Ahã... ahã... Quero ver só a cara da Marici quando vir as fotos! – mas por mais que ele procurasse, não havia foto alguma, das que tirara nas obras de Brasília; nem a do Zé. – Impossível, Manu! Cê me viu tirando as fotos, não viu? Tirei até de você com aquela saia horrenda, cor de burro quando foge, que comprou do mascate. Cara... será que tô ficando louco?

– Loucura ou não, se eu tinha alguma dúvida, agora não tenho mais. Decididamente, eu quero me tornar escritora.

Quero ler cada vez mais, conhecer os escritores clássicos – empolgou-se Manuela. – E você?
 Ele relutou em responder e acabou dizendo um...
 – Tô pensando seriamente – sorrindo para ela.
 O ônibus de Manuela chegou primeiro.
 – Tchau, Gui.
 – Dá um abraço aqui, garota! Depois de tanto trabalho juntos, na NovaCap, de desvendar o mistério do Curupira e de almoçar ao lado do Juscelino Kubitschek, vai saindo assim, só com um mísero tchau?
 Manuela deu risada. O amigo tinha razão. Então o abraçou, como nunca havia feito. Depois, subiu no ônibus. Da janela, viu Guilherme soltando um beijo e gritando:
 – Que bom sermos irmãos só na história da Marici, Manolita!
 O passado se fora. Só o futuro os esperava.

ELIANA MARTINS

Certa vez, passeando por Brasília, vendo o Sol se pôr, às margens do Lago Paranoá, imaginei como teria sido tudo aquilo, antes de a capital ser construída. A vontade de escrever uma história sobre a fundação de Brasília tomou conta de mim. Mas não podia ser uma história comum; tinha de acontecer algo inusitado, um mistério difícil de decifrar, algo que prendesse bastante a atenção do leitor. Assim surgiram Manuela, Guilherme e a escritora Marici Menezes. No meio deles, o mistério, a volta ao passado, o despertar de Brasília e a viagem dentro da imaginação da escritora, para que eu pudesse mostrar um pouco do processo criativo da minha tão fantástica profissão.

DANIEL ARAUJO

Sou paulistano e minha formação é em Arquitetura. Trabalho com ilustração há mais de 10 anos e já publiquei meus trabalhos em livros infantis, juvenis, didáticos e em revistas, além de material publicitário e aplicativos. Esta aventura temporal do Gui e da Manu foi uma ótima oportunidade para exercitar os músculos adormecidos desde a época da faculdade. A construção de Brasília é sempre um assunto fascinante, e foi uma boa surpresa vivê-la através dos olhos de dois adolescentes de hoje em dia.

Este livro foi composto com a família tipográfica
Chaparral Pro, para a Editora do Brasil, em maio de 2015.